GOBOOKS
& SITAK
GROUP©

GOBOOKS
& SITAK
GROUP©

CHARACTER FILE

Misfortune † Seven

伊甸

Age 25

PROFILE

稱號：銜蛇
樣貌：橘金長髮，五官秀麗

「銜蛇家永遠是女巫一族裡最厲害的工匠。」

性格

穩重、聰明，生活樂趣是和約書鬥嘴。

C H A R A C T E R   F I L E

Misfortune † Seven

約書·克拉瑪

Age 25

PROFILE

職稱：伊甸的督導教士
派別：鷹
樣貌：短褐髮，綠瞳，高大，面癱

「我這人非常熱情，不信你看我的臉。」

性格

個性穩重，冷面笑匠，人不錯。
鷹派教士中的名門，但個性觀念偏向獅派，因家族及資歷的關係，成為督導教士中的長官，被視作未來的大主教的接班人選。

CHARACTER FILE

Misfortune † Seven

蝕

Age ?

PROFILE

稱謂：柯羅的使魔
樣貌：面容瘦削秀麗，膚色白細如陶瓷

「小烏鴉站在影子上，影子把小烏鴉吞掉了。」

性格

其他使魔也畏懼，能力強大的使魔，個性惡劣，折磨同伴被牠視作一種娛樂。

CHARACTER FILE

Misfortune † Seven

柴郡

PROFILE

Age ?

稱謂：榭汀的使魔
樣貌：臉孔稚氣精緻，深藍色短髮，
有虎牙，金色瞳。

「我想吃掉你，我可以吃掉你嗎？」

性格

稱呼榭汀為父親，被其他使魔認為有嚴重的戀父情結，很聽榭汀的話，喜歡捉弄別人。

三日月書版

三日月書版

輕世代 FW284
3
著 碰碰俺爺
畫 woonak
MISFORTUNE † SEVEN
夜鴉事典
—禁人絕園—
三日月書版

夜鴉事典

Misfortune † Seven

CONTENTS

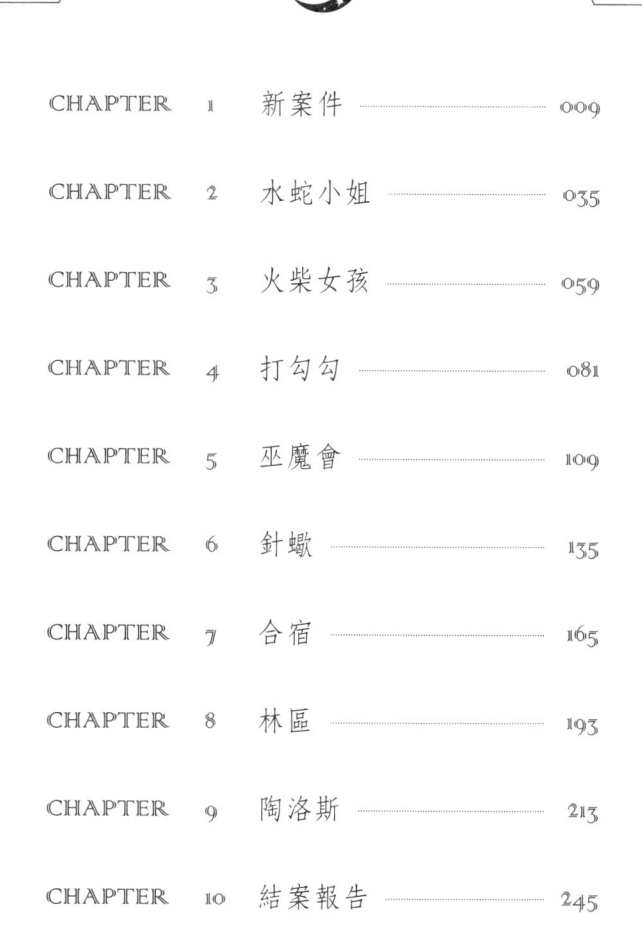

CHAPTER 1

新案件

灰燼從天空落到車窗上時，約書的心裡就像有顆大石頭壓了上來，他面無表情地打開雨刷，但雨刷卻夾帶著塵埃，將原本乾淨的擋風玻璃抹得一片灰暗。

「不吉利。」坐在副駕駛座上的橘金髮男人說，他托了托臉上的眼鏡後，繼續手上的針線活。

男人正縫製著一隻全素色的麻布娃娃，他細心地替它縫上用鈕釦做成的眼睛，用紅色毛線做成的嘴，那是個笑臉娃娃。

「這位太太，你說你能不能做出什麼神奇的魔法雨刷，只要輕輕一掃，就能讓汙垢清潔溜溜？」約書盯著滿天的灰燼，隨口問道。

附近沒有火山，但他們就像身在龐貝城的世界末日裡一樣。

隔壁那位被稱作太太，穿著深綠色毛呢馬甲背心、西裝筆挺的優雅男人則是瞪了約書一眼，一臉無可奈何地搖搖頭。

「這位先生，你在問的人，可是整個黑萊塔內工藝最厲害的男巫，所以……答案當然是不行，我們不會為了這種小事耗費精神體力。」

「呿！還說是工藝技術最厲害的男巫，連雨刷都做不出來……」約書嘟嘟囔囔地抱怨著，然而隔壁的男巫只是笑笑而已，沒放在心上。

約書將車開進了位於靈郡市中心、面積遼闊的人造森林公園內，上頭的銅牌大大地寫著「獅心公園」幾個字。

一路上都有交警在指揮著他們往特定的路線行駛，公園內的觀光客和靈郡市民們都衝著他們不停用手機拍照。

「欸，伊甸，要是你能做得出來，我們就別做教士和男巫了，去申請專利賣雨刷當商人，賺大錢又能輕鬆過活，多好！」約書開著車，在公園內沿著小路轉轉繞繞了幾圈，最後將車停在大樹邊上的那堆告示牌下。

一張告示牌上標示著「禁止進入保護區」、一張畫著請主人隨手撿拾狗便的圖案、一張則是畫著女巫騎掃把飛行的圖案。幾個觀光客正對著女巫那張告示牌拍照。

你知道嗎？古時候的廣場上也時常會有女巫飛行的告示牌，從前是為了警告人們附近可能會有邪惡女巫出沒；多年後的今天，傳統延續了下來，但娛樂大眾和吸引觀光客的成分高上更多。另外，你還知道……

「啊！」看著告示牌的約書忽然冷汗一冒。

「怎麼了？」

「沒事，我只是覺得剛剛好像聽到了女巫小知識達人L特的聲音。」約書驚魂未定地按著胸口，早知道昨晚就不該答應萊特加他的推特。

銜蛇男巫伊甸一臉古怪地看了自己的搭檔一眼，他聳聳肩，繼續剛剛的話題。

「教士和男巫是能說不做就不做的職業嗎？」話說完的同時，伊甸手中的娃娃也完成了。

「怎麼不行？有心什麼事情都能辦到，有人就去當Uber司機了！」約書信誓旦旦地說。

伊甸心想，約書用他那張極度厭世的臉說著道理時，真是一點可信度也沒有。

「信不信由你，這是宿命，你血液裡流淌著教士的血，我血液裡流淌著女巫一族的血，我們世世代代就是要這樣糾纏下去。」

「照你的話來說，我們本該是敵人，世世代代糾纏下去，你下咒毒害我，我放火燒死你……但看看我們現在多和平！所以沒有什麼是不能改變的。」約書漫不經心地說著，也不知道是由衷之言還是隨口胡謅。

「有時候我覺得你就像獅派的那些小教士一樣，天真爛漫，你這樣對得起你們克拉瑪家的宗旨嗎？」伊甸嘆息，他將娃娃拽進懷中，另外用剩下的毛線勾上小指頭，纏成一圈。

「信不信由你，說實話，我覺得我們鷹派的觀念太過時了。當然，獅派的觀念又太天真了，綜合一點的話會比較好。」約書熄火，然後坐在駕駛座上不動了。

灰燼在車窗上越積越多，像是有人剛剛用大火焚燒了整座獅心公園，而燃燒殆盡的塵埃正在空中飛舞，從公園一路蔓延到外頭大街上。

「這話被你爸聽到了可不得了。」伊甸搖頭，確認小指頭上的毛線纏好後，他從上衣口袋裡掏出懷表一看，「時間不等人，我們該行動了，約書。」

約書點點頭，但他口袋裡的手機突然震動起來，於是他拿起來查看訊息。

「怎麼了？」伊甸問。

約書用手指按著太陽穴，看上去愁雲慘霧，他問：「你說說看，這個月來發生幾起類似的案件了？」

「連這件是第三起。」

「不，現在是四起了。」約書搖搖頭，「這樣下去不行，我要找支援。」

約書快速地用手機發了幾封訊息，伊甸則是看向窗外。

警察在高大的榆木林外架起了封鎖線，媒體記者和群眾則是圍在外頭，擠在裡面的年輕人很多，大部分都穿著寬鬆的西裝外套和破牛仔褲，風格雜揉著龐克與頹廢。

人群像城牆一樣，在封鎖線外圍成了難以跨越的鴻溝。

「看看那群年輕的女巫狂粉，要是被發現了，你會像個超級巨星一樣被團團圍住喔！」約書收起手機，用手指比了比前方的「狀況」，輕聲警告，「能麻煩伊甸大大您解決一下這個問題嗎？」

「可以啊，但是動作要快。」眼前的狀況對伊甸來說似乎不是大問題，他繼續把玩著手中的懷表。

「我們有多久時間？」

「五分鐘。」

「好！」約書替自己和伊甸解開安全帶，面無表情地在座位上熱身。

「但是別急，這五分鐘裡有件事我們必須做。」

「照慣例嗎？」

「照慣例。」伊甸微笑。

約書無奈地嘆息了一聲後，下車繞去伊甸那側替他開車門，順便行了個對女王的彎腰禮。

接著教士和男巫肩並肩走在一起，一淺一深非常顯眼，已經有幾名年輕人注意到伊甸的存在，眼神裡充滿了狂熱與崇拜，有人發出尖叫聲，有人衝了過來。

「約書，握手。」伊甸在這時伸出手來。

「你倒是先給我骨頭啊！」約書又耍嘴皮子，但他還是乖乖伸出了手。

伊甸牽起約書的手，將小指頭上的毛線拆了一點下來，纏在他的小指頭上。

「快點。」少年少女們的尖叫聲讓約書的耳朵快流血了，他可不想出手摀倒那些孩子們。

「收到。」伊甸在約書的小指上打了個漂亮的結，接著按下手中懷表的計時器。

懷表上的時針停止的瞬間，周遭寂靜無聲。

那些狂熱的少年與少女們也瞬間靜止，他們維持著那一剎那的奔跑動作，臉上的狂喜就停在那一秒鐘裡。

「抱歉、抱歉借過一下。」約書牽著伊甸的手一路前進，他撥開那些少年與少女們，順便把幾個人轉成了面對面的方向。

「約書……我們只有五分鐘。」伊甸一臉無奈地任約書拉著他的手。

「別這樣，這多好玩。」約書說。

等一切恢復正常後，這些少年們會撞在一起，然後滿頭霧水事情是怎麼發生的。

約書光想像這個畫面，就覺得療癒。

「別忘了我們還有正事要辦。」伊甸提醒。

「好好好，我尊貴的殿下。」約書牽著伊甸的手繼續前進，他們越過重重人群，穿過警方的封鎖線，原本忙碌的警察們也維持著相同的姿勢，某個人灑了他的熱咖啡，而咖啡就這麼靜止地濺在空中。

彷彿全世界都停止了，唯一有在動的只有他們，還有天上那不斷飄落的灰色塵埃。

「你應該帶把傘來的。」塵埃不斷落到伊甸精緻的西裝大衣上，他不停用手拂掉那些灰燼。

伊甸的懷表連水流都能靜止，卻無法讓滿天灰燼停止。

約書皺了皺眉頭，這次的事件跟什麼有關係，他心裡有個底了。

「我應該帶把傘，然後用公主抱的方式帶你走過這片樹林。」約書十指緊扣著他們握在一起的手，故意用深情的語氣說。

男巫們超愛抱怨一些不重要的小細節，有時候很煩人。

「如果是這樣，我會很感激的。」伊甸酸了回去，同樣十指緊扣對方的手。

「好痛！你握小力一點！你和萊特都是怪物嗎？外表看起來漂漂亮亮的，力氣卻大如牛，你希望我未來改叫你大牛嗎？你希望……喂，我說了會痛！」約書嘴皮耍個沒完，直到他們步入焦黑的生態保護區內才停歇。

位於靈郡市中央的獅心公園占地極其廣大，遍布的人造森林讓它儼然變成了一個小型的自然生態公園。

獅心公園內大部分都是適合全家大小遊玩的平地和湖畔，但少部分幾個地方被當作生態區來照顧，植被多位置又偏僻。

約書和伊甸來到的地方，正好就是那些沒幾個人會特地走入的保護區。

平常人煙稀少的地方，現在擠滿了警察和鑑識人員，但大部分的人看上去已經準備要離開了，看來他們已經發現這不是他們能解決的問題。

如果仔細嗅聞空氣裡的味道，會發現除了焦炭味外，都是肉塊燒灼後的氣味。

約書第一次聞到這個氣味時，還以為是大火連帶燒死了某些小動物，但這是第四次聞到了，他知道氣味來自於哪裡。

四周高大的樹木和草地全被燒得脆化剝落，一名年長、看上去十分資深的警官雙手扠腰站在焦黑的大樹下，像是在等待什麼人的到來。

約書牽著伊甸來到靜止的警官面前，他看向伊甸，對方拿出了懷表。

「時間正好，三、二、一。」伊甸倒數著，五分鐘一到，他手裡的懷表啪一聲裂了開來，時針再度轉動。

灑掉咖啡的警員順利地灑掉了咖啡，把自己燙得手忙腳亂，嘈雜的人聲和警車鳴笛聲重新充滿四周。

「老天！」約書和伊甸面前的警官因為他們的「憑空出現」嚇了一大跳，他按著胸口，一臉驚魂未定，「拜託你們以後不要用這種奇怪的方式出現。」

教士和男巫已經不知道是第幾次以這種奇怪的方式出現了，偵辦刑案多年的警官歷經了各種光怪陸離的事，但當真正的巫術出現在面前，他還是難以接受。

「抱歉抱歉，人太多了，我們只是想低調一點。」約書說。

警官看著牽著手的教士與男巫，他聳了聳肩膀，不予置評。

「廢話就不多說了，帶我們去看看這次的事發地吧。」伊甸終於解開了約書小指頭上的毛線，並放開他的手。

「怪物啊……」約書還在盯著自己發麻的手看。

警官帶著約書和伊甸一路往樹林深處走，隨著他們越靠近事發地，樹木被燒焦得越嚴重，幾乎成了光禿禿的焦地。

「是野火或有人縱火嗎？」約書問。

基於某些因素，他還是希望這一切只是單純的野火或縱火案造成的，但用膝蓋想也知道……

「當然不是，如果是野火，我們不會聯絡你們。」警官搖著頭，「而且都已經進入冬季多久了，最近正好是下雪的日子，靈郡潮濕得很，哪來的森林野火？」

「當然，我們也懷疑過是遊民想取暖，在樹林裡燒木頭引起的大火，但誰會在這種地方取暖？入夜的白鴉林，氣溫比空曠的平地還低！再說……你自己看看現場和受害者就知道了。」

警官停下腳步，然後讓出位置，給約書及伊甸看看事發現場。

那股燉肉的味道更濃烈了。

說巧不巧，灰燼在這時逐漸停止，取而代之，天上竟下起了細雪。

約書和伊甸互看一眼，同時停下腳步。

一片焦黑的樹林中，有個穿著薄長袖和長褲的少年躺在泥土地上，他的雙腳交疊、雙手展開，四肢末端都扭曲成奇怪的形狀。

白雪往他蒼白的臉上落下，但他一點反應也沒有，雪也完全沒有融化，在他臉上像裝飾一樣。

約書看著滿臉冰霜的少年，他似乎凍很久了。

「唉……又是個年輕的孩子。」約書長長地嘆了口氣。

「需要我牽著你的手嗎？」伊甸一臉同情。

「我比較需要公主抱。」約書說，他走上前，面無表情地蹲下來就近觀察躺在地上的這名少年。

少年大約十五、六歲左右，他躺在焦黑的地面上，身上的長袖上衣卻潔白如新，沒沾上半點灰燼，彷彿剛被人從床上抱起，然後丟到這裡。

而且是從高空丟落的。約書看著少年反轉的腳掌。

「又是一樣的情況嗎？」約書問，他注意到泥土地裡凌亂的鞋印中，參雜著奇怪的蹄印，像牛又像羊。

「是的，一樣的情況，你可以自己看看，教士先生。」警官將矽膠手套遞給了約書，「還有，他也有同樣的記號在頸側。」

約書戴上手套，他輕輕按上少年的臉，少年的肌膚蒼白且冰冷，硬得像石頭一樣。他將少年的頭輕輕扳向一旁，灰色的淚痕和焦黑的黏液從他凹陷的眼皮底下流出，嘴唇和眉頭依然扭曲著，維持著死前經歷巨大痛苦時的表情。

約書嘆息，往少年頸側上一看，淺淺的傷痕，像吻痕，又像個小小的牙印。緊接著他掀開少年的上衣，少年身上沒有其他外傷，光滑而蒼白，卻有著不符合體態比例、又大又鬆垮的肚皮，那層肚皮就像派皮一樣鋪在他的腹部上。

約書看了伊甸一眼。「翻開他的肚皮，看看是不是和上次相同的狀況。」

伊甸點頭，他一邊解開小指頭上的紅色毛線收進口袋裡，一邊拿出了另一段白色毛線往手指上纏。

約書看了伊甸手指頭上的線一眼，難得地皺起了眉頭，但他仍聽話地伸手撥開那層少年不該有的鬆垮肚皮，肚皮接近他跨下的部位有一道裂痕被藏了起來。

當約書就著那道裂痕掀開少年的那層肚皮時，伊甸靠了過來，而那股燒焦的燉肉味一瞬間竄了上來。

少年肚皮下的狀況簡直慘不忍睹——

熱騰騰的深紅色肉醬在女巫的大釜裡啵啵作響，萊特在鍋裡加了些起司、辣椒絲、月桂葉和新鮮羅勒，並用木湯匙好好攪拌著。

稍微嘗了下味道後，萊特又淋了點蜂蜜，最後他滿意地點點頭，並在烤盤內刷上牛油，把派皮鋪上去，用叉子戳幾下，再將肉醬倒進去，再鋪上一層派皮，順便用剩下的派皮做出裝飾，刷上蛋黃，然後送進烤箱裡烘烤……

在等待烘烤的同時，萊特順便清掃了一下他的「新家」，還收了曬在外頭的衣服。

一邊唱歌一邊從外頭轉著圈跳舞進門時，萊特真心認為自己是個賢慧的好妻子室友。

外頭盤旋的烏鴉們趁著萊特進門時偷偷跟了進來，牠們像跟屁蟲一樣跟在他身後。

其中幾隻烏鴉又在往柯羅的鞋子裡扔石頭了。

萊特收拾好衣物後，領著烏鴉們一同進到廚房內，他將剩下的些許派皮和肉末放在盤子裡，然後端到餐桌上放著。

幾隻烏鴉飛了過來，一邊嘎嘎地叫著，一邊啄食起盤中的食物。

「好吃嗎？」萊特一臉期待地詢問。

烏鴉們只是猛啄，不理會萊特，畢竟烏鴉是種極端雜食性的生物，只要能塞進嘴裡，牠們什麼都吃，不像某人那樣挑嘴……

萊特看著烏鴉們將盤子上的食物一掃而空，他笑了笑，「那接下來就麻煩你們了。」

於是幾隻烏鴉在吃飽後，牠們撲騰著翅膀飛開，沿著整棟極鴉宅邸一路往上飛。

萊特等待著，直到烏鴉嘎嘎狂叫的聲音響起。

萊特迅速收拾好盤中的東西，然後在樓上傳來怒吼聲前，假裝自己正在忙著清理碗盤，和這件事一點關係也沒有。

很快地，天花板上傳來了微微的震動，一陣怒吼隨著窗外的亮光閃現。

「你們這群王八蛋！」

轟的一聲，烏鴉們拍著翅膀飛離宅邸，嘎嘎的叫聲不像是害怕，反而像是在嘲笑什麼。

萊特一邊準備著碗盤和餐具，一邊緊張地往門口看，等待某人出現。

不久，某人的腳步聲如同出海的哥吉拉一樣，咚咚咚地由樓上往樓下移動。像是在迎接他的到來一樣，走廊上的壁燈從遠處一盞一盞地點亮了。

「你——這——王——八——蛋——！」黑影怒氣沖沖地走來，他的怒吼聲在長廊上迴響著。

很快地，萊特迎來了臉上青筋炸裂、滿頭亂髮還穿著睡衣的柯羅。

「是不是你叫那群死烏鴉這麼做的！牠們往我的床上和臉上丟石頭！」

「我沒有！」萊特有。

「我不是說過不准再隨便指揮我的信使了嗎？」柯羅咬牙切齒地抓著萊特的領子和圍裙晃。

教士一早沒穿著他的教士袍，而是像個小廚娘似地穿著輕便的衣物和圍裙。

柯羅不知道自己該不該慶幸對方至少在圍裙後方沒有裸體。

男巫的信使們向來不聽從普通人的命令，但萊特很奇怪，也許是他那頭亮晶晶的髮色，讓烏鴉們特別喜歡他。

「我只是請牠們去叫醒你，沒叫牠們丟石頭。」萊特辯解。

「敲個門有這麼困難嗎？」柯羅頸子上的青筋也一併炸裂。

「敲門你才不會醒，而且你又愛賴床、又不讓我進你的房間叫你、還不愛打掃、也不肯陪我玩、也不願意加我的推特和臉書，而且還不願意……」

「閉嘴！」柯羅就不明白，這人到底哪來這麼多話？

「還不願意參加星期五的電影之夜……」萊特一臉委屈地小聲講完。

「你——」柯羅的怒意炸到一個頂點後，忽然整個人一軟，緩緩地癱在餐桌旁坐下。

柯羅用手扶著額頭，一臉挫敗地念著：「到底是哪個王八蛋同意你住進來的……」

萊特說要住進極鴉宅邸，就真的住進來了。

幾天前，教士載著一堆他的東西強行搬進極鴉宅邸，宅邸內的客房一堆，他偏偏選擇了柯羅隔壁那間入住。

從那之後，柯羅沒有一天安寧。

「是教廷同意……」萊特又要拿出那張令函。

「不用拿出來給我看！」柯羅瞪著他，誰會隨身攜帶那種東西啊？

吵之外，這人還毫無隱私概念可言，如果晚上你不鎖門，他就會堂而皇之地闖進你房間，硬是要和你聊天或談他今天都做了些什麼……有時就算鎖門了，對方還是能闖進來和你閒話家常（這傢伙簡直是怪物）。

除此之外，不過短短幾天，柯羅發現自己的巢穴已經不像自己的巢穴了，他亂丟的衣服總是會被收拾乾淨，家裡一塵不染，肚子餓時也總是會有熱騰騰的食物等著他，即便想安靜獨處還是會有人在旁邊吵鬧……

極鴉宅邸已經好幾年不曾這麼喧鬧了。

一些回憶流竄回柯羅的腦海裡，他腹中發出了咕嚕咕嚕的聲響，讓他疲憊得臉都白了。

「怎麼了？不舒服？低血壓？你餓了嗎？吃點東西好嗎？」萊特繞著臉色變差的柯羅詢問。

真的很吵。

「我只需要隨便微波些點心吃就好。」柯羅按著腦袋。餓了。

「我把你的微波食品都丟了。」然後萊特說。

柯羅出拳揍人，被教士快狠準地擋了下來。

「吃那種東西不健康，現做的不是比較好嗎？」萊特把柯羅的雙手按在餐桌上放好，還塞了刀叉在裡面。

叮的一聲，萊特欣喜地從烤箱裡拿出他精心準備的熱食。

「這是什麼？」柯羅看著端上桌，冒著熱煙的食物。

被烤得金黃酥脆的麵皮上有著一個騎著掃把的女巫的圖形，派皮不斷蒸騰出牛油和燉肉的香氣。

柯羅不想承認，但萊特的廚藝確實不錯。

「這是飛行女巫派。」萊特拿了刀出來，刀鋒插入派皮時發出了酥脆的聲響，柯羅的肚皮也咕嚕咕嚕地響著，「裡面有辣肉醬、新鮮的燉蔬菜還有一些莫札瑞拉起司。」

萊特將飛行女巫派鏟起，將一大塊肉派遞到柯羅面前，還附上一杯新鮮的冰牛奶。

「你知道嗎？古時候的人們認為，邪惡的女巫和男巫們喜歡在冬夜有月亮的日子裡舉辦巫魔會，而為了慶祝巫魔會，他們會騎著掃把出門，從普通人家裡誘拐孩童及婦女，並挖取他們的內臟和心臟，在派對上煮成人肉醬派來溫補。」萊特語氣恐怖地說。

此時柯羅已經放棄掙扎了，他拿著刀叉吃起派來，任派皮的香甜酥脆和肉醬的熱辣鮮美在嘴裡綻放。他不停地往嘴裡塞著食物，也沒注意到在那裡大肆發表「女巫小知識達人L特（^ω^）」高見的萊特正開心地盯著他。

「為了讓女巫和男巫們不要竊取自己家裡的孩童及妻子，每戶人家在冬夜裡都會用小牛犢內臟熬煮成的肉醬做成派，放在窗口矇騙女巫和男巫，讓他們以為派已經做好了，藉此保護家中老弱婦孺不受誘拐。」萊特說，他拿起叉子，自己盤中的派不吃，選擇偷了柯羅盤子裡的派來吃。

「這就是飛行女巫派的由來啦！」

「只是個胡謅的傳說而已。」柯羅把嘴邊牽絲的起司塞進嘴裡，和萊特伸過來想要幫他擦嘴的手纏鬥了一番，「那只是古時候窮人在冬季時養不活一家人，只好把小孩和妻子賣掉以換取小牛犢求自己溫飽，又不想引人口舌所以嫁禍給女巫的謊話！」

萊特看著面色逐漸緩和的柯羅，硬是拿紙巾抹掉了對方嘴上的肉醬，又替他添了些飛行女巫派。

「確實有這種說法。」萊特點點頭。

「這不是說法，這是事實。」柯羅灌下牛奶。

「總之呢，這後來演變成一種傳統，人們認為十二月是巫魔會最常舉行的時間，而家家戶戶都該準備一盤飛行女巫派來消災解厄。」這就是為什麼萊特準備了派的原因，他要替柯羅消災解厄一下。

看柯羅吃得很香，萊特從口袋裡掏出梳子，想替對方梳順一頭亂髮，但又迎來了一番惡鬥。

最後，兩人氣喘吁吁地結束了早餐。

「話說回來，你今天打算做什麼呢？」洗著碗盤時萊特問。

「不關你的事。」吃飽喝足的柯羅正坐在窗臺邊曬太陽。

同居第四天：柯羅已經沒有在吃飽後馬上回窩裡待著了，這是個好現象。

萊特偷偷在心裡記錄著。

「我是你的督導教士。」萊特說。

「今天是假日又沒有工作，我的時間就是我的時間！我有權利做我自己想做的事！」

「可是，我不只是你的督導教士，還是你的朋友，你的時間也是我的時間，你假日應該要多少花點時間在我身上啊！」萊特更加地理直氣壯。

「誰理你啊！」

「不管！你要做什麼？要去哪裡？我也要跟！帶我去帶我去帶我去帶我去嘛！柯羅羅羅羅羅羅——」

「吵死了！」柯羅隨手將窗臺邊上放置的書砸向萊特，但此時萊特放在餐桌上的手機叮的一聲響起，他正好彎下腰查看。

書砸在牆壁上，萊特這幸運的混蛋毫髮無傷。

「嗚嗚，說好要一起去迪士尼樂園玩的……」看著手機的萊特忽然垮下臉來。

「沒有人要跟你去迪士尼樂園！」

「大學長傳訊息說有工作，叫我們趕快去處理。」萊特苦著一張臉。

這年頭什麼職業都是社畜。

「我不去，今天是假日，我說了我有自己的事要辦！」柯羅將雙手環在胸前。

萊特聳肩，他看了眼手機，又說：「大學長說你不去，就要扣你薪水和年終。」

「他以為這樣就能威脅到我嗎……」

「大學長還說你不去，就答應讓我搬進你的房間就近照顧。」萊特看向柯羅，眼睛眨呀眨地，裡頭期待的光芒砸到了柯羅臉上。

如果他們住同一間房，就能無時無刻地聊心事、看電影、一起討論劇情、一起做任何事、一起、一起、一起……

即便萊特沒說出口，柯羅都能猜到對方在想什麼。頓時雞皮疙瘩和青筋一同跑上頸子，他一口氣憋在胸膛，憋到臉都紅了。

最後在萊特熱切的注視下，柯羅敗北。

「去就去！煩死了！你們都煩死了！」

CHAPTER 2

水蛇小姐

那隻從憂鬱林帶回來的黑色石雕烏鴉還在萊特的口袋裡。

憂鬱林的飄浮巨人案也差不多告一段落了，丹鹿學長的事典報告完成後，給予教廷的建議還沒獲得任何回應。

有關於白鴉樹謀殺案件的調查重啟石沉大海，教廷似乎認為能不碰這個案子就盡量別碰。

萊特考慮過幾次要不要將這些事告訴柯羅，有關於他在使魔的遺留物中找到了瑞文給他的訊息，以及柯羅肚子裡的東西已經發現了自己的這些事。

柯羅或許需要知道這些……

但最後萊特還是私心地把祕密藏了起來，他總覺得現在不該去碰觸這些東西，彷彿一說出這些祕密，柯羅就會在他面前直接崩潰。

最後的結果是他和教廷一樣，選擇裝死。

真是羞恥，想想也覺得有點對不起柯羅。

萊特嘆息，從獅心大橋旁的公園路邊的商店走出來時，他發現決定留在原地等待的柯羅就坐在大橋橋墩上，隱藏在橋柱的陰影裡。

柯羅端詳著橋上熙來攘往的人們，不知道在觀察什麼，冰冷的細雪下在他身上，他卻動也不動，像座石雕一樣。

烏鴉們也在天上飛，憂鬱林事件後，柯羅的信使就時常隨侍在後。

柯羅把自己藏得很好，大部分的人都沒有注意到他，然而還是有幾個眼尖的觀光客發現了這位靈郡特產的男巫。

幾個觀光客拿著相機圍在柯羅身邊，和他年紀相仿的少年少女們正試著搭訕他。

柯羅臭著一張臉，撇過頭沒說話。

不妙。

萊特忘了這次案件發生的地點在靈郡市，而不是偏遠的小鄉鎮或郊區。

和保守、對女巫一族有所忌憚、排斥又歧視的小鄉鎮不同，靈郡市本身就是個光怪陸離的大城。

當然，這裡對女巫及男巫存在著歧視的人依然有，但大多的靈郡人認為女巫和男巫的存在像某種高級流行，越年輕的人們越這麼認為。

有些年輕孩子甚至打從心底希望成為其中的一員。

所以和在甜湖鎮與雪松鎮時不同，人見人厭的柯羅在靈郡市忽然成為了超級巨星，如果把他一個人放著，就會吸引一堆人接近。

而夾在人群中的柯羅正因刺眼的閃光燈厭惡地瞇起眼，橋墩拉下的影子逐漸變得黑暗而深沉。

「柯……」

萊特正要喊對方，柯羅前方的閃光燈卻一下子不見了，即便觀光客們仍然喀嚓喀嚓地拍著照。

「走開！」柯羅的聲音變得低沉而響亮，原本明亮的大橋逐漸被陰影籠罩。

幾個觀光客嚇得邊尖叫邊退開了，但一些穿得很龐克的少年少女們則像看把戲似地，震驚之餘開始笑鬧。

柯羅的巫術沒有嚇退太多人，反而引來更多注意。

「柯羅！」

萊特趕緊跑到柯羅身邊，並在對方爆炸前支開聚集上前的人群。

「我們在工作，請不要打擾。」

萊特擋在準備張牙舞爪的柯羅面前，人群卻依然徘徊著，直到路上的交警來幫忙趕人。

萊特雙手扠腰，有些不滿地看著被趕走的人群，然後伸手拍掉柯羅頭上和大衣上的積雪，一邊對著他抱怨：「真是的，大家應該要有點常識啊，教士和男巫在工作時，只有教士能騷擾男巫，一般人不該這麼做，這是妨礙公務。」

這道理跟導盲犬有點類似。

「你這話就對了？教士騷擾男巫就不犯法嗎？」柯羅雙手環胸。

萊特望著柯羅，沉默了幾秒後，他笑開來，「看我買了什麼給你！」

喂！倒是回答一下問題啊！

柯羅看著吐槽不完的萊特從紙袋裡拿出了什麼東西，然後將其中一根塞到自己手上。

「你買這東西給我做什麼？」

柯羅看著手上的東西——棍子上插著圓滾滾的青蘋果，青蘋果的表面被燙出了一隻烏鴉的形狀，整個外層則是淋上了一層紅寶石般的冰糖糖漿，一半沾著黑色的巧克力醬、一半則在太陽下閃閃發亮。

一根蘋果糖。

「靈郡的糖果店最棒了，他們甚至會依照每位女巫及男巫的頭銜，分類出不同口味。」萊特對著柯羅眨眼，「我買了你的，夜鴉口味。」

萊特特地避開了太妃糖口味的極鴉蘋果糖，在甜湖鎮的事件後，柯羅對甜食排斥了好長一段時間，好不容易最近再度習慣了，卻再也無法接受太妃糖的味道。

當然，這件事不用讓柯羅知道。

「哈！原來他們認為你是櫻桃汽水口味。」萊特咬著蘋果糖，糖衣焦脆、青蘋果又酸又甜。

「我們是來工作又不是來逛街的！」柯羅沒料到自己會有說出這句話的一天。柯羅盯著手中的那根像絢爛寶石一樣的蘋果糖，碎念著：「你可以不要做這麼多餘的事嗎？」

「如果你不喜歡，那就還我好了。」

吃了滿嘴糖的萊特毫不在意，伸手要拿回蘋果糖，柯羅卻把蘋果糖握得死緊。萊特看向手背都冒出青筋、緊握著蘋果糖不讓他搶走的柯羅。

唔啊！看來這傢伙超喜歡蘋果糖的。

在萊特幾乎要大笑出聲時，混雜著細雪，天上飄下了一抹灰燼，正好落在柯羅的蘋果糖上。

萊特和柯羅抬頭，天空上除了白雪外，不知何時漫出滿天的灰燼，綿延著整座獅心大橋飄散。

丹鹿不知道哪個比較糟，喪屍病毒爆發導致世界末日？還是在下雪的週末假日和狩貓榭汀一起出差？

「你們發現她的時候就這樣了嗎？」丹鹿向靈郡市的年輕女警問話。

「對，有人通報灰燼飄到橋上時我們就趕來了，獅心公園那裡也剛發生一起，你們……方便看看嗎？」負責交接案件的女警官頓了頓，視線在丹鹿和他身旁……更正，應該說是在他「身上」的男巫間逡巡。

狩貓男巫今天沒忙著用魅力魅惑眾生，他在西裝外披了件毛茸茸的深藍色大衣，把自己全身裹得緊緊的，順便也裹住了丹鹿。

對，順便也裹住了丹鹿。

美麗的獅心大橋下，男巫和教士用古怪姿勢抱在一起。

「熱死了！你夠了沒啊？要在我身上多久！」丹鹿試著從榭汀懷裡鑽出去。

「很冷啊，鹿鹿老鼠。」榭汀偎在丹鹿背上，藉著身高的優勢把人壓得死死的。

靈郡的天氣多變，在上午的時候還出大太陽，下午卻忽然變成陰天，下起小雪，氣溫驟降。

打從丹鹿去接榭汀外出後，對方就一直是這副死樣子，直嚷著冷。無論丹鹿走到哪裡，對方就緊緊跟到哪裡，然後像隻巨大的貓一樣不停往他身上攀。

雖然正在下雪，榭汀又吵著冷，但整個人被當暖爐一樣裹住的丹鹿，卻不知道為什麼熱到額際頻頻發汗。

「別叫我那個名字！還有走開！這樣我沒辦法工作。」丹鹿試著把男巫推開。最近榭汀偶爾會學萊特和他老媽用「鹿鹿」稱呼他，這讓他非常困擾。

「這麼冷我也沒辦法工作。」榭汀卻不滿地連連抱怨，他催促丹鹿，「你就做你的事，我會乖乖跟在後面。」

「不是這個問題……」丹鹿看向一臉冷漠的女警官，他只是不想被誤會什麼。

「喔，別擔心我，我不介意這種事，都什麼年代了。」女警官插話，果然誤會了什麼。

丹鹿胃痛，他扶著青筋直跳的額頭，今天還能更糟嗎？

「鹿學長！」然後那個開心的聲音遠遠地從河堤邊上傳了下來。

可、可惡，真的還能！

丹鹿往邊坡上一看，萊特揮著手一路跑來，柯羅一手插在大衣口袋裡，像影子一樣跟在後面，一看到他臉就變得很臭，臭到好像他欠了幾百萬似的。

只不過今天夜鴉男巫的凶猛度略微下降了點，有可能是因為對方的舌頭正黏在他另一隻手中的蘋果糖上吧？丹鹿想。

「為什麼你們會在這裡？」他問。

「這是大學長交代的新任務。」萊特說。

「我們也是大學長交代的，但為什麼把我們叫來又把你們叫來？」丹鹿覺得約書根本在整他。

難不成大學長是在報復他死要經費這件事？丹鹿想得很深、很遠、很有陰謀，幾百公里外的約書不禁打了個噴嚏。

萊特聳了聳肩，他盯著感情好像很好的榭汀和丹鹿看。

「你們在做什麼？我們可以加入嗎？」萊特拉著柯羅，試圖擠進去。

「我才不想加入！」柯羅掙扎。

「別擠！很熱！嗷！」丹鹿被柯羅踢了一腳。

「這什麼？鹿學長摸起來好熱好暖喔。」萊特哈哈地笑著。

「別擠過來，為了讓他變成這樣，我花了很大的功夫，你們去找自己的暖爐。」榭汀不高興地皺起眉頭。

「什麼？你對我做了什麼？」丹鹿瞪大了眼。

教士和男巫們吵吵鬧鬧，直到一旁的女警官冷漠地發出「嘖」的一聲。

萊特等人看向女警官。

「喔，別擔心我，我不介意這種事，都什麼年代了，我可以在這裡看著你們玩鬧一整天，午餐時間過了我都不會抱怨，晚上必須加班錯過約會我也會欣然接受。」女警官哼一聲後笑了。

一陣靜默後，萊特和丹鹿九十度鞠躬道歉。

好，回到正題。

丹鹿咳了幾聲，正色道：「帶我們去看看現場吧？」

一行人跟著女警官沿著河堤一路往大橋下走，灰燼依然在空中飄散著。

那些灰燼落到榭汀和柯羅身上時，兩個男巫都發出了很不滿的咕噥聲。他們互看了一眼，又紛紛瞥開視線。

獅心大橋是座又高又大的石橋，橋上是靈郡的觀光勝地，橋下卻是遊民和混混會在夜晚遊蕩的地方。

「這就是了。」女警指著橋下的封鎖線，她並沒有親自帶他們過去的打算，「我們這邊的採證做得差不多了，初判不是我們能處理的事。我會在外面等，防止一些無聊的民眾進來，接下來就是你們的工作了，有事再叫我。」

女警的話意味深長，教士們互看了眼，在女警走後才慢慢靠近封鎖現場。

當他們越來越接近時，一股濃濃的焦肉味傳了上來。

一個年紀大約十五、六歲的少女就躺在橋下的堤防邊上，身下的水泥地一片焦黑，那片焦黑一路綿延到了橋墩，橋底也被燒得一片漆黑。然而躺在上頭的女孩身上卻非常乾淨，她穿著一襲豔麗的深紅色洋裝，白皙的雙手張開在兩側，沒穿鞋的光裸雙腳則是交疊在一起。

灰燼在女孩身上飄著，女孩卻一點也沒沾上。

見狀，榭汀忽然伸手摀住丹鹿的嘴。

「幹嘛！」丹鹿閃躲。

「小心點，你們不會想吸進這些灰燼。」榭汀說。

「為什麼？這些灰燼是什麼？」

「這些灰燼到底是從哪裡冒出來的？」萊特問，他觀望著四周，到處都一片焦黑，卻找不出起火點，那些灰燼只是不斷從女孩身上冒出。

「從女孩身上所有的「洞」裡，仔細看。」榭汀伸手指著。

躺在地上的女孩有一頭接近白色的金髮，她的面容蒼白僵硬，雙眼凹陷緊閉，兩道明顯的灰色淚痕從窟窿裡流了出來。她的雙唇扭曲著，牙關緊閉，看上去承受過巨大痛楚。

如果再細心點觀察，會發現灰燼是從女孩緊閉的牙關、鼻孔、雙耳耳洞及裙下逸散出來的。

「我猜……『那些灰燼』可能是女孩體內的臟器之類的。」

榭汀的話讓所有人都退後了一步，柯羅則是藏起了他的蘋果糖。

「可是怎麼會……」萊特話說到一半，他身邊的柯羅已經踏進了封鎖線內。

柯羅一語不發地繞著現場四處張望，似乎是在尋找什麼跡象，隨後他蹲下來，掀起女孩的洋裝。

萊特跟了過去。

「大學長說到現場先檢查她身上有沒有咬傷，像吻痕一樣的形狀。」丹鹿本來也想跟過去，但他被榭汀抓著不放。

「輕點、輕點……這樣太不紳士了。」萊特打斷了動作粗魯的柯羅。

柯羅轉頭看向萊特，萊特本來以為對方又要臭罵他，說些「這只是死人而已」的那種傻話，卻見柯羅乖乖地收回了手，握緊拳頭放在膝上。

萊特向柯羅微笑，對方狀似不耐煩地撇開了臉。

萊特仔細地翻動少女的臉和臂膀，他在少女的肩上找到了丹鹿口中說的咬痕，小小淺淺的，像牙印的形狀。

那是什麼？萊特看了柯羅一眼，但柯羅只是盯著女孩的臉看，隨後他說：「捲起她的裙子。」

此時從女孩口鼻裡飄出的灰燼只剩一點點。

萊特點點頭，他又輕又慢地掀開女孩的洋裝，灰燼從女孩的下體往上蔓延著，她潔白光滑的雙腿一片瘀青，腹部則是莫名腫大，肚皮鬆鬆垮垮地堆疊著。

他們不是第一次看到類似的情況了，憂鬱林事件中所找到的女孩們的屍體也是如此，她們的肚皮鬆垮、胯間都是瘀青。

「使魔爬行過的痕跡？」萊特問。

「大學長跟我說過情況不太一樣，叫我們仔細檢查一下死者的身體。」丹鹿說，他拿出矽膠手套準備戴上，但被榭汀搶走，啪的一聲直接甩到萊特臉上。

榭汀霸占渾身發熱的丹鹿不放，就差沒對萊特和柯羅發出貓的嘶叫聲。

寒冬似乎讓貓先生的心情非常差。

「榭汀！」丹鹿責難。

「沒關係，我來就好。」當事人萊特卻只是聳聳肩，並沒有太在意，他拿下臉上的手套很快戴了起來。

「她的身體很冰。」萊特摸上女孩的肌膚時這麼說。

不知道獨自在寒冷的橋下躺了多久，女孩的皮膚凍得像石頭一樣僵硬，但她的腹部卻柔軟而蓬鬆——就像泡芙一樣。

「翻開她的肚皮。」柯羅說。

萊特小心翼翼翻動著女孩鬆垮的肚皮，似乎擔心一個不小心會碰壞她的身體。

在女孩的肚皮底下，萊特發現了一道裂縫，當他把那道裂縫翻開，血肉燒焦的氣味和灰燼一下子竄了上來。

萊特和柯羅震驚地往後退開，女孩的肚皮底下沒有器官，只有一灘冒著熱煙的深紅色肉泥，肉泥還滾著，焦黑的地方燒成的灰燼，不斷往天空上冒。

少女整個人就像一塊飛行女巫派。萊特和柯羅同時意識到這件事，這讓他們不約而同地起身退開。

「怎麼了？」丹鹿問。

「你自己看。」萊特傷腦筋地搖著頭，柯羅則是鐵青著臉不說話。

這種巧合還真是有夠不幸。萊特覺得最近柯羅的惡運有點壓過他的好運了。

如同榭汀所說，灰燼來自於少女的內臟。

「大學長說這已經是靈郡最近發生的第四起類似事件了。」丹鹿看著少女「滾燙」的腹中物，忍不住皺起眉頭。

在他們處理憂鬱林事件的同時，約書他們一直忙於處理的似乎就是這些事。沒有停歇，從一個月前開始，靈郡這個大都市裡陸陸續續發生了幾起神祕的死亡案件。

人們先是從發現灰燼開始，然後沿著灰燼，再發現躺在灰燼之中的遺體。遺體的外表通常乾淨且冰冷，死亡時面帶痛苦，雙眼眼球脫出，但除了腹部的爬行痕跡外，沒有外力毆打的跡象。

「大學長要我們觀察現場狀況，確認和前面幾個案子的狀況有什麼異同之處。」丹鹿說，他拿出手機再度確認約書發來的訊息，「還有，他希望我們注意現場有沒有像是牛蹄或羊蹄的痕跡。」

牛蹄或羊蹄？丹鹿瞇起眼，「我不確定這是什麼意思，但……」

沒等丹鹿把話說完，柯羅忽然連續快速地打起響指，喀嚓喀嚓地，聲音就像快門一樣。

下一秒，原先陰暗的獅心橋下忽然亮起一陣刺眼白光，照亮了每一處黑暗。

「小烏鴉的老把戲。」榭汀在丹鹿身後發出笑聲，這是愛笑的貓先生今天第一次笑。

萊特順著柯羅製造出的光芒看去，當燈光一照下來，那些踩在焦黑水泥地上的腳印忽然變得無比清晰。

許多腳印看起來是警方和鑑識人員留下的，但其中有一道腳印特別奇怪，兩道深深的印痕，看起來就像是牛蹄或羊蹄之類的腳印。

「真的有蹄印。」萊特說。他試圖追蹤蹄印的足跡，但古怪的是，所有人的腳印都可以看得出來是從哪個方向前來、哪個方向離開，唯獨那個蹄印，完全看不出是從哪裡來、從哪裡離開，從頭到尾只是不停地繞著少女的身體打轉。

「簡直像是憑空冒出來的一樣。」丹鹿擰起眉頭。

柯羅忽然說：「還沒完，看上面。」他不停打著響指讓光線往上照亮。

一行人看向他們的正上方，也就是橋底下。

終於，他們在現場找到了其他蹄印的足跡，只是那些蹄印依舊雜亂無章。

不知道是怎麼印上去的，彷彿有隻瘋狂的鬥牛獲得了抵抗地心引力的能力，在牆上、橋墩之下狂暴地奔跑。

萊特他們無語地看著牆上及頭頂上的蹄印，這依然無法解釋蹄印是從哪裡來、從哪裡去。

「這確實不可能是人為的。」丹鹿說。

「那麼跟前幾次狀況一樣？無主的使魔？」萊特思索著，柯羅則在一個響指後讓光線暗了下來，「但有些地方滿奇怪的。」

「對，使魔爬行不會刻意留下燒灼的痕跡……」柯羅說，他又開始繞著現場走，似乎正在尋找什麼。

「大學長還有提醒什麼嗎？」萊特問。

「嗯……他叫我們到現場之後等等。」

「等什麼？」

「他說有位小姐會來幫我們取得重要的線索，要我們記得把線索帶回去。」

丹鹿眉頭皺得更厲害了，彷彿約書交代的事是難以理解的無字天書。

哪來的小姐？萊特和丹鹿左顧右盼，直到榭汀懶懶地伸出手，指著獅心橋下的白懷河。

「那位小姐來了。」榭汀說。

同時，平靜的河面忽然掀起一道長長的小波瀾，有什麼東西順著河流一路游了過來。

「當伊甸的信使，還真是件苦差事。」榭汀哼著，然後把臉埋到丹鹿肩上。

丹鹿沒來得及推開對方，只是和萊特一樣目瞪口呆地看著河裡的那位「小姐」一路游上岸，蜿蜒流暢地朝他們爬來。

那是一隻無比巨大的綠色水蛇，牠吐著舌信一路爬來。當牠接近丹鹿和榭汀時，貓先生很凶地嘶了聲：「走開！這是我的。」

「你今天到底是怎麼回事？」丹鹿不解地向後瞥了榭汀一眼。

「從冬眠中特地叫醒牠，就要給牠豐盛的禮物，不然你以為伊甸會用什麼禮物誘惑牠？牠現在連頭牛都吞得下去，何況是你？」榭汀說得理直氣壯。

「但不至於是我吧？」應該，丹鹿乾笑，他看著那條巨大的水蛇爬離，小小地打了個顫。

水蛇爬過萊特和柯羅的腳下，接著一路爬向少女的遺體。很快地，牠纏住少女白皙的雙腿，一路往上爬，最後直接一頭鑽進了少女被掀開的肚皮內。

水蛇太過龐大，無法整隻進入，於是萊特他們眼睜睜地看著「小姐」將頭浸入那灘肉泥，在蛇皮上沾滿血肉，再緩緩地從女孩體內爬出。

接著牠一路爬到萊特面前，萊特看著水蛇在自己面前不停地吐著蛇信，最後吐出一條染滿血的毛線。

水蛇注視著萊特，像是在告訴他什麼。

於是萊特蹲下身去，從水蛇的嘴裡取下那條毛線，並小心翼翼地將毛線放入夾鍊袋內。水蛇則在萊特取下毛線後，吐著蛇信，並帶著一身血腥，一路又爬回白懷河內，順著水流游走了。

「牠是要回去找伊甸領禮物吧？是吧？牠剛剛不是真的想吃我吧？」丹鹿不

停問著。

榭汀沒有回答，只是不停地往丹鹿身上挨，「我們可以回去了嗎？」

那邊在現場繞了一圈的柯羅也終於停歇，他走回萊特身邊，原本凝重的面色緩和了些。

「你還在找什麼嗎？」萊特輕聲問。

「沒有。」柯羅太快否認，像是在說謊。

萊特沒有逼他，他只是微笑，然後看向手中夾鍊袋內的毛線——看來這就是大學長所說的「線索」了。

CHAPTER

3

火柴女孩

「我稱呼她為——火柴女孩。」榭汀手中有顆小小的橘紅色辣椒，形狀就像火焰一樣。

回到黑萊塔內的狩貓男巫，在暖氣的幫助下，恢復了以往的精神及好心情，他不再霸著丹鹿不放。

「看看她多可愛，我花很多時間才將她培養成現在的模樣。」榭汀將火柴女孩放到萊特手上。

「就是這個嗎？鹿學長會變成現在這樣的原因？」萊特一臉驚奇。

此時的丹鹿在大寒冬的天氣裡熱得滿頭大汗，連身上的大衣都脫到只剩一件背心而已。

「在黑萊塔內穿這樣不成體統啊，鹿鹿老鼠。」榭汀故意說道。

「你以為這是誰害的啊！」丹鹿覺得自己快燒起來了，他甚至懷疑自己的內臟會像靈郡的受害者那樣燒成一團，「我就說哪有鬆餅會是辣的！你這個騙子！我以後不吃你送的東西了！」

早上榭汀很好心地替丹鹿準備好早餐，丹鹿完全不疑有他，只有問對方為什麼甜鬆餅裡帶了辣味？

對方是這麼解釋的。

「我沒有騙你，暹貓家特製的鬆餅本來就是辣的，我只是把原本使用的辣椒換成了火柴女孩。」榭汀說，他從準備要偷舔一口火柴女孩的萊特手上拿走小巧的辣椒。「只要一小口，她就能保持你的溫暖，甚至是提供別人溫暖。」

「那你怎麼不自己吃！」丹鹿問。

「因為到了有暖氣的地方會太熱。」榭汀說，他從容優雅地脫下大衣。

「我今天不掐死你我就跟你姓！」丹鹿氣炸了。

「跟我姓是想跟我結婚生子嗎？冷靜點，火柴女孩很溫和的，熱度等等就退了。」榭汀非但沒有被威脅到，還藉著身高優勢拍了拍對方燒燙燙的額頭。

「榭——汀——！」

安靜的走廊上全是丹鹿的怒吼和榭汀戲謔的笑聲。

萊特緩下腳步，好讓落在後面的柯羅能跟上。

「欸，暹貓家特製的鬆餅真的是辣的嗎？」萊特湊在柯羅身邊問。

「嘖！」柯羅不耐煩地翻了個白眼，但不理會萊特的話，他只會更吵，於是他壓低聲音回答，「蘿絲瑪莉奶奶喜歡辛香料，暹貓家的人都是如此。」

「榭汀也給你吃過嗎？好吃嗎？辣嗎？是哪種辣椒？」

「我不記得，那是很久以前的事了！」柯羅一臉敷衍，他甩甩手要萊特滾遠點。

但那可是萊特。

「對了，剛剛你在橋上放出的光又是什麼？你偷了那些觀光客的閃光燈嗎？你連那種光也能偷嗎？只要打響指就能把光放出來？」萊特一臉興奮地追問柯羅，也跟著打起響指。

「呃呃呃呃——稍微閉上嘴會要你命是不是？還有你的響指打得爛透了！」柯羅一臉鄙視。

這世界上怎麼會有人這麼不會打響指？

「不過就是閃光燈而已！」

「但那真的很神奇耶，能不能再弄一次給我看看？拜託拜託拜託拜託——」

萊特滿眼冒著愛心。

柯羅的眼角抽搐，他幾乎能看到萊特身上冒出的愛心不斷砸到他臉上。

但或許是看在蘋果糖的分上，又或許是知道出拳了會被對方擋下來，柯羅罕見地沒衝著對方叫囂。

柯羅一個響指打在萊特面前，啪嚓一聲，刺眼的閃光亮起並暗下的同時，他們正好來到了約書和銜蛇男巫的辦公室門口。

萊特就像小朋友一樣興奮得臉都紅了。

「我要給你一個擁抱作為答謝！」萊特對著柯羅張開雙臂。

「我不需要這種答謝！走開！」柯羅正要伸腳要踹開對方，抬頭卻瞥見榭汀正在看他。

柯羅看見榭汀淺淺地笑了，並用脣語無聲地說了句：小心點。

於是柯羅沉默下來，萊特抱住他時他沒有再抵抗。

不是接受了，看起來只是不想去在意。

在萊特注意到柯羅的不對勁前，一身熱汗的丹鹿心不甘情不願地穿上衣服，然後敲響了銜蛇男巫的辦公室大門。

無人回應，大門上刻著的那條巨大浮雕銅蛇開始爬動，原本擋在門上的它讓到一邊，門自動打開了。

「我也想要一個這樣的自動門。」榭汀搭著丹鹿的肩，暗示著什麼。

丹鹿只是白了他一眼，然後跨進約書的辦公室。

「這裡長得跟我上次來的時候不太一樣。」萊特說。

那些像貪食蛇一樣層層排列的高大黑櫃依舊存在，但好像又變長變多了──就像真的貪食蛇一樣。

黑櫃連陳列的位置都不太相同，原本一進門就能看到的約書的辦公桌也不見了，全被黑色的長櫃擋住。

黑色的長櫃儼然形成了一個大型迷宮。

「這就是我討厭來伊甸這邊的緣故。」榭汀說完，率先走進那像蛇一樣環繞的黑色迷宮內。

不過很快地，貓先生就厭倦帶路了。

辦公室明明就這麼大而已，黑櫃排出的迷宮卻異常複雜。

「算了，我們回去吧？」榭汀打了個呵欠，雖然他們才剛進辦公室。

「不要這麼輕易放棄好不好？」丹鹿潮紅的臉色在消退，就如同榭汀所說，火柴女孩的效用正在逐漸退去。

「誰知道他們在做些什麼羞羞臉的事才把辦公室弄成這樣？打擾他們好嗎？」榭汀說得理直氣壯。

「你只是想偷懶而已吧！」

在丹鹿對著榭汀發難之前，萊特自己跑到前頭。

「跟著我走吧！」萊特對他們招著手，熟門熟路地往前進。

「你是憑直覺在走，還是真的知道路？」榭汀問。

「憑直覺！」萊特回頭給了一個微笑。

很快地，他們在重重黑櫃中找到了出口。往裡頭一看，黑櫃排出了一個寬闊的空間，擺著兩張辦公桌，而約書和伊甸就在裡頭。

萊特轉過頭對榭汀眨眼，榭汀卻皺了皺眉。

「嗯？今天挺快的。」約書看了眼手表，毫無歉意地抬手說道，「抱歉，最近辦公室的東西比較多一點。」

不只是一點吧？萊特和丹鹿抬眼看著四周圍繞的黑色鐵櫃。

上次來的時候，萊特並沒有機會看到伊甸的辦公場所，這次總算親眼見識到了。

被黑櫃層層包圍的辦公場所內，伊甸的辦公桌置於中央，他的銅桌花俏華麗，桌腳是銅鑄的樹枝裝飾而成，桌身圍繞著一條壯觀的銅鑄大蛇，栩栩如生。

辦公桌旁則放著幾排整齊的玻璃櫃，玻璃櫃裡陳列著各種女巫的工具，像是最古早的飛天掃帚、煮魔藥用的大鍋釜、下過巫術的項鍊、觀星占卜用的天文鏡等等……

每個都是歷屆銜蛇女巫、男巫們的經典之作。

萊特興奮得口水都要流出來了，丹鹿在他扒上玻璃櫃前拉住了他。

「小稀客。」當伊甸看到柯羅時，微笑起來。

柯羅並沒有理會伊甸，他退到黑櫃的陰影前，異常沉默。

萊特不知道是不是錯覺，但他在柯羅臉上看到了一絲厭惡的神情。

「一切還順利嗎？」約書問。

「為什麼一個案子需要兩組人馬？」丹鹿忽然想起這個問題。

約書聳聳肩，意有所指地說道：「我覺得你們合作的效果不錯，有鑒於上次在憂鬱林你們順利地帶回了使魔，而不是『吃掉』使魔……所以我就想啦，這次也比照辦理好了。」

「你的意思是要我和丹鹿去督導一個督導男巫的督導教士？」榭汀笑了起來。貓先生的笑點總是很奇怪，他拍了拍萊特的肩膀，「被督導教士。」

「其實我相信萊特是個認真、負責又有能力的好督導教士，他可以嚴格、有條理地督導他的男巫，不需要我在旁邊看著。」丹鹿一臉認真地看著約書。

「鹿學長……」萊特感動。

「你只是覺得很麻煩。」約書一臉認真地看著丹鹿。

「我只是覺得很麻煩。」丹鹿承認，他把爬到身上的萊特撥開。

「好，這次的案件我要準備派給你們辦了。」約書拍拍手掌，像個慣老闆一樣不再理會丹鹿的抱怨，「不過在這之前，有樣東西要先給你們看看——我要的東西有帶來嗎？」

「有，在這裡。」萊特從懷裡拿出夾鍊袋，袋子裡的毛線因為吸飽血水而變成了暗紅色。

「很好。」約書接過夾鍊袋，轉交給伊甸，「準備一下。」

伊甸頷首，將毛線放在桌上，轉身面向身後的玻璃櫃。那是唯一一個採用深色玻璃的玻璃櫃，從外面看不透裡頭有什麼。

伊甸打開玻璃櫃，裡面竟然陳列著一排排用麻布及棉毛線做成的巫毒娃娃，每個外型都不太一樣。

伊甸戴上手套，像保護什麼貴重的物品似地，小心翼翼地從裡頭請出兩隻巫毒娃娃。

約書打開伊甸辦公桌旁的大燈，伊甸則將兩隻巫毒娃娃放到燈光聚集的桌面上。

「這真是太美了！」萊特驚嘆，他第一次親眼見到銜蛇家的巫毒娃娃。

「學弟！不要每次都這樣神出鬼沒好不好？」約書被不知道什麼時候從伊甸身邊冒出來的萊特嚇了一跳。

「可以的話，麻煩稍微保持距離。」伊甸微笑，把幾乎要貼上來的萊特推遠了點。

兩隻巫毒娃娃的做工精細，它們的大小相貌有所不同。

其中一隻，伊甸用深栗色的毛線縫成它的短髮、藍色鈕釦縫成它的雙眼，它身上還穿著白色的長襯衫和短褲，像個活生生的少年一樣。

另一隻，則是用白金色的毛線縫成長髮、綠色鈕釦縫成雙眼，它身上穿著一襲豔麗的深紅色洋裝，就像位——少女一樣。

不知道保持距離的萊特指著金髮女孩娃娃說：「是我的錯覺，還是這隻巫毒娃娃長得很像……」

很像他們在橋下發現的受害者。

「這不是錯覺，她就是你們在橋下遇到的受害者。」約書將桌上的紙本資料遞給了萊特，「在你們帶她回來的路上，警方傳來了她的相關資料。」

萊特看著資料上的相片，金髮女孩和她燦爛的笑容，確實是他們在橋下看到的受害者，只是相片上的她是活生生的，雙眼還在。

受害者的名字叫芮愛．威瑪，十六歲，幾天前從住家離奇失蹤。

伊甸將巫毒娃娃擺正，他拿起了桌上的「芮愛」，並掀開它身上的洋裝。

萊特看著伊甸從抽屜裡拿出一把金色的裁縫用剪刀，喀嚓一聲，他將「芮愛」的肚子剪開來，裡頭白色的棉花爆了出來。

伊甸將夾鍊袋內染血的毛線抽出，並小心翼翼地塞入芮愛的肚子裡，接著再度用毛線將芮愛的肚子縫好。

「這位呢？」萊特注意到躺在旁邊的另外一隻巫毒娃娃，它的肚子上也有縫線縫過的痕跡。

「這位是『亞倫』，我和伊甸在獅心公園發現的受害者。」約書說，他翻開放在一旁的檔案夾，從裡面抽了張相片出來，放在巫毒娃娃旁邊。

麻棉、毛線和鈕釦組合成的「亞倫」，竟然奇妙地跟照片裡的少年極為相似。

萊特一臉好奇地看著伊甸將兩隻娃娃放到燈下，讓它們分別坐在一個角落。

「接著呢？」

「接著你給我安靜地看下去，不准打擾伊甸，直到伊甸的工作結束。」

約書知道這小學弟一開話匣子就不會停了，於是他一把將萊特捏成了鴨子嘴。

這是個很明智的決定。所有人想。

於是辦公室內恢復一片靜默，只剩橘金髮色的男巫輕輕細語的聲音。

伊甸用雙手捧著巫毒娃娃，親暱地靠在娃娃耳邊不斷說著什麼，萊特聽不清楚，因為他的聲音聽起來像蛇吐著蛇信時的聲音。

「為什麼這次不像之前一樣，先找鳴蟾男巫向死者問話？」丹鹿抱著胸口低聲詢問，順便對著旁邊憋得很辛苦的萊特冷笑，他可沒被禁止發問。

「派不上用場，就算是死人，也要有腦子。」約書說，他把手上的檔案塞到丹鹿懷裡，並翻開其中幾頁給他看。

檔案裡夾著的照片血腥得讓丹鹿差點手滑，把整本檔案夾滑到地上去。

這回案件的受害者們不只內臟被燒成爛泥，連腦袋也都被煮熟了，雖然從外表看起來他們完好無缺，有些屍體甚至因為在外頭待太久而有凍傷的跡象，但他們死因卻是「被煮熟了」。

「威廉無法處理這樣的屍體。」約書搖頭。

「那麼伊甸也能讓亡者們開口說話？」丹鹿問。

「巫毒娃娃們不說話。」榭汀打斷了丹鹿和約書的對話，「它們只負責重現。」

什麼意思？萊特和丹鹿困惑地看著榭汀，伊甸則是停止了他和巫毒娃娃們的細語。

「好，我們先從亞倫開始吧？」伊甸將那個看起來像少年的巫毒娃娃放置回桌面上。

「嘿，亞倫，醒醒。」他溫柔地對著桌面上的巫毒娃娃說。

原本躺在桌面上靜止不動的巫毒娃娃忽然頓了一下。

萊特和丹鹿張大眼，確認自己沒看錯。

「亞倫，你可以站起來嗎？」伊甸又問。

巫毒娃娃動了動它的手腳，接著從地上坐起，動作靈活得像一個真實的小人，它用它的鈕釦眼四處張望著。

「太可愛了！我想要一個！」萊特興奮地直跳腳。

「你不會想要一個的。」約書卻說。

「好的，亞倫，讓我們先回到你死亡前幾天的狀態，告訴我們，你失蹤前遇到了什麼事？」伊甸又問。

巫毒娃娃歪了歪腦袋，接著旁若無人地開始在桌上走起來。

一切就像在看默劇一樣。

「亞倫．伍迪，十六歲，幾天前在家裡被通報失蹤。」約書說起了關於亞倫的案件，巫毒娃娃持續在桌上走著。

「在家裡？」萊特問。

「對，就在自家後院。」約書說，「根據亞倫母親的報案資料顯示，當時她在煮晚餐，亞倫和家裡的小狗在後院玩，沒什麼異狀，但她說家裡的小狗在某個時刻忽然狂吠起來。」

這時的巫毒娃娃突然立正不動，抬起頭，不知道正看著誰、看著什麼，彎下腰觀察的萊特正好和它對上眼。

「亞倫的媽媽一開始沒有在意，還以為是有松鼠之類的跑過去，可是過不久，小狗跑進廚房開始狂吠，卻沒有看到亞倫的人影。」

約書的話到這裡為止，他和伊甸開始仔細地盯著巫毒娃娃看，巫毒娃娃則是盯著萊特，毛線嘴動個不停，但卻安靜無聲。

「它看起來像在跟某人說話。」萊特說。

「對，但當時在後院裡只有亞倫一個人。」」約書跟著彎下腰觀察。

原本正在說著什麼話的亞倫娃娃突然閉上嘴，像是跟那不知名的東西達成了什麼協議，它點點頭，高高地向萊特伸出了手。

一陣靜止後，空氣中像是有股力量抓住了巫毒娃娃的手，將它提到空中放著。巫毒娃娃就這麼懸在空中，左右一擺一擺地移動起來，就好像它正騎在什麼東西上面，並一路遠離剛剛它所待著的地方。

「當亞倫的媽媽去後院時，亞倫已經不見了。」約書說，「警方一開始認為亞倫是自己爬過後院圍牆離家出走的，這很合理，畢竟這年紀的青少年脾氣陰陽古怪，加上最近亞倫也有幾次從學校翹課的紀錄……但還是有幾個奇怪的地方無法解釋，像是亞倫為何選擇在寒冷的冬天裡，身上只著單薄的衣服，沒穿鞋，甚至沒帶任何行李的情況下離家出走？」

「他看起來不像是自己離開，而是有人誘拐他離開的。」萊特說。

「對，確實如此。我們現在想知道的是，從亞倫被帶走、失蹤，到找到他的這段時間，究竟發生了什麼事？」

他們看著巫毒娃娃不斷在空中沉浮著，它的表情一開始看上去得意又開心，但漸漸地，它揚起的毛線嘴慢慢垂了下來，看起來既害怕又傷心。

巫毒娃娃抱著自己的身體，它開始發抖，承載著它的東西似乎正帶著它在一個寒冷的地方流連，完全不管它是不是凍著了。

其間，巫毒娃娃不斷轉頭對某個人說著什麼，但似乎沒得到好的答案，它的表情越來越哀傷。

巫毒娃娃維持著這樣的狀態一陣子了。

「伊甸，快轉一下。」約書說。

「亞倫，仔細想想，接下來發生了什麼事？現在讓我們看看你臨死前的過程。」伊甸輕聲催促。

原本在空中來回的巫毒娃娃頓時停住，它僵在原地，毛線嘴垮下來，表情變得十分恐懼。

啪一聲，一股力量將它從空中扯了下來。

巫毒娃娃躺在地面，它的雙手像是被釘住了似地攤開著，坦露出腹部。它試圖掙扎起身，但毫無用處，於是它扭頭看向萊特，毛線嘴不斷蠕動，似乎是在求救。

巫毒娃娃的五官只是由簡單的鈕釦和毛線所組成，表情變化不大，但萊特卻深深地感受到了它的恐懼和無助。

「它在跟我求救嗎？」萊特正要上前，卻被約書攔下。

「它不是在跟你求救，這只是亞倫的記憶重現，臨死前的記憶。」約書面色凝重，他提醒萊特，「仔細觀察、記錄。」

萊特退了回去，柯羅卻從陰影中站了出來，他凝望著亞倫求救的方向，彷彿他看得見亞倫在和誰求助似的。

巫毒娃娃的掙扎持續了一陣子，接著它不再求救，只是一直盯著腳邊，並且不斷搖頭。

下一秒，娃娃忽然打直了雙腳，它的上衣被掀開來，原本縫在腹部上的毛線一道一道斷裂開來。有東西將它的肚皮撕裂，入侵了它的腹部。

巫毒娃娃的毛線嘴不斷蠕動，鈕釦眼附近的絲線像是淚珠似地不停脫落，它的身體、頭部不斷顫動著，像是正在忍受巨大的痛楚。

它腹部的裂縫越裂越大，就好像有人硬是將手指插入，撐開了它的肚皮。

巫毒娃娃的腹部在瞬間漲成球狀，它的頭、手與雙腳搖晃得更加劇烈。

巫毒娃娃無法發出聲音，但萊特卻產生了強烈的耳鳴，聽起來就像是巫毒娃娃的尖叫聲一樣。

有撮棉花毛球從亞倫娃娃的胸口被抽了出來，萊特他們眼睜睜地看著那撮毛球在空中一口一口地被「吃」掉，然後消失。

接著一股燒焦味傳上，巫毒娃娃忽然僵直了身體，隨著它臉上兩顆鈕釦眼睛的爆開與脫落，巫毒娃娃不再動彈。

亞倫娃娃原本漲大的肚子消了下去，身上冒出白煙。

眾人看著眼前的景象久久無法言語，直到伊甸出聲：「亞倫？你離開了嗎？」

無人回應，巫毒娃娃失去了生息。

伊甸拿起桌上的巫毒娃娃，用手指剝開它的腹部仔細觀察。

巫毒娃娃肚子裡的棉花已經燒成一團焦黑，還剩點點星火。

伊甸放下毀損的巫毒娃娃，娃娃躺在桌上的姿態就像他和約書在獅心公園裡發現亞倫時一模一樣。

「這就是亞倫死亡前所遭遇的事。」伊甸抬眼，對於周遭的一片沉默，他只是微笑，然後又捧起了另一隻巫毒娃娃，「現在，該輪到我們的芮愛了。」

CHAPTER 4

打勾勾

芮愛的情況更慘烈了。

萊特看著巫毒娃娃像是被人抓住腳，在空中被凌亂甩動的模樣說不出話來。

根據警方給的資料顯示，芮愛是在幾個禮拜前失蹤的，失蹤當時她和五歲大的妹妹待在房間裡，到傍晚時分，芮愛五歲大的妹妹忽然開始不停哭鬧。芮愛的父母進房間找人時，芮愛已經不見了。他們找遍家裡的每個角落都沒有找到大女兒的下落，其他房間裡沒有、床底下沒有、衣櫃裡也沒有。

芮愛的爸媽找了警察來，但警察們唯一能給他們的合理解釋是，十六歲的女孩因為被爸媽禁足，獨自從窗戶爬下二樓，離家出走。

但這和亞倫的狀況一樣有幾個奇怪的地方。

寒冷的冬夜裡，芮愛沒帶錢、沒穿鞋、沒穿外套，只穿了件完全無法遮風蔽雨的小洋裝就出門了。

警方詢問唯一目擊一切的芮愛的妹妹時，她只是一直哭著說：「有個長著尖角的牛人先生和牠的朋友把芮愛帶走了。」

於是他們又將芮愛失蹤的原因定調為和男朋友離開，即便芮愛的妹妹曾經形容「長著尖角的牛人先生會飛」。

然而就在幾天後，芮愛的屍體在距離家裡十幾公里遠的獅心橋下被發現，死狀異常淒慘——

刺耳的耳鳴聲又不斷傳來，讓萊特幾乎想遮住耳朵逃避。在空中被亂甩了一陣子後，巫毒娃娃從空中被拽到地面，像是有人故意把它摔到地上，它手腳蜷曲，面露痛苦……

接著發生的情況，就和萊特他們剛剛看到的情況一樣。有東西在將芮愛亂甩後，把她從高空丟下，再從裙下鑽入了她的肚子裡，將她胸口裡的東西抽出來，然後大口大口地吃掉，再把她的五臟六腑燒成黑泥。

當伊甸撥開芮愛的巫毒娃娃的肚皮時，娃娃肚皮內的棉花同樣燒成了一片焦黑。

「以上，就是亞倫和芮愛的死前發生的事。很遺憾，巫毒娃娃原本的用途不是用來探訪亡者生前的經歷，這已是我能做到的最大限度。」伊甸說。

萊特看著黃眼睛的伊甸。聽說巫毒娃娃最原始的功用是毒害、詛咒和控制，如果銜蛇女巫或男巫擁有一尊像你一樣的娃娃，那你就該小心了。

「除了亞倫和芮愛外，先前找到的兩位受害者我們也請回來過了……」伊甸從抽屜中拿出另外兩隻巫毒娃娃。這兩隻巫毒娃娃外型為一男一女，和亞倫及芮愛一樣，同樣有著燒焦的痕跡，「他們死亡的過程幾乎一模一樣。」

「一般人不可能辦到這種事，這很明顯是使魔做的……有沒有可能像憂鬱林一樣，有隻使魔正在靈郡內到處尋找宿主，隨便寄生？」丹鹿問。

「我和伊甸原先也是這樣想的，但有幾個奇怪的地方……」約書說，他看向伊甸讓他解釋。

「是這樣的，使魔通常會寄宿在女巫和男巫的身上，我們的身體對他們來說是最佳的寄宿環境，牠們的寄宿也不會對我們的身形外觀有任何改變。」伊甸說。

女巫和男巫們的外型大多纖細苗條，從外觀看，是看不出他們肚子裡埋藏著什麼。

萊特偷窺過柯羅的肚皮，一片平坦光滑，怎麼想也想不透那底下是怎麼藏著那麼可怕的東西。

萊特看了眼榭汀的腹部，又看了眼伊甸的腹部，兩位男巫的腹部同樣平坦，很難想像窩藏在裡面的又是什麼。

萊特再抬頭，大學長約書一臉嫌惡地看著他，手裡似乎正翻找著「職場性騷擾應對守則」。

伊甸繼續解釋：「但是在某些情況下，當使魔找不到女巫一族的人當宿主，逼不得已，牠們會挑選普通人當宿主，尤其偏好孩童和女性、或誠心邀請使魔入住的人類，然而寄宿在普通人體內對使魔和宿主本身都不好，這只是權宜之計而已。」

「就好像你肚子餓的時候只能吃甜食一樣，永遠吃不飽，還有可能會失智、肥胖和得到糖尿病。」榭汀突然的插話讓伊甸發出笑聲，好像是什麼有趣的事情一樣，「對使魔來說，寄宿在普通人體內就是件有害無益、但能勉強維生的事。這也是為什麼我們在憂鬱林裡看到的使魔會是那副模樣——牠寄宿於普通人體太久了。」

萊特想起了憂鬱林的巨大使魔的醜陋樣貌，以及牠是怎麼被蝕殘忍扒開的畫面。前幾天，他罕見地做了個惡夢，然而夢裡被扒開的卻是柯羅。

「但柯羅說過，使魔的爬行不會造成內臟燒灼。」萊特說。

「這就是奇怪的地方，使魔爬行通常會擠壓普通人的內臟造成損傷，受害者的肚皮會隆起，就像懷孕一樣，等牠退出，就會留下鬆弛的肚皮，也就是我們所謂的『爬行痕跡』。」伊甸接著說，「但由於牠們爬行的原因就是為了寄宿，宿主的體內應該要盡量地適宜居住，所以牠們不會刻意燒灼宿主的內臟，當然，也不會去吃宿主的心臟……記得你們剛剛看到的那一小撮被吃掉的毛球嗎？那是受害者們的心臟。」

約書說：「我們本來也認為是無主使魔為了寄宿而作亂，但現在看起來這隻使魔不像是為了寄宿而傷人，比較像是——」

「為了好玩。」站在一旁的柯羅發話了，他盯著桌面上的那堆娃娃，「這隻使魔的目的不是寄宿，牠只是覺得好玩或好吃而已。」

柯羅繞著伊甸的桌子打轉，順著娃娃們直視的方向看向萊特，臉色再度凝重起來。

「一隻有異食癖的使魔？滿有意思的。」榭汀笑了起來。

萊特想起，蘿絲瑪麗的使魔還因曾經提過，使魔們或多或少有些異食癖，而現在他們遇上的，很可能是隻有異食人類心臟癖好的使魔。

伊甸說：「更有意思的是，這次的使魔不急著找宿主，還有心情滿足自己的異食癖，這很有可能表示……」

「表示這次的使魔有主人。」柯羅打斷伊甸的話，他的手指敲在伊甸的辦公桌面上，正好是那群燒焦的巫毒娃娃們所看向的地方，「他們剛才一直在和某人對話，不只是跟使魔本身，也可能是在和使魔的主人對話。」

柯羅看著萊特的方向，他的表情嚴厲起來，萊特看到他握緊了拳頭拽進口袋外套內。

「對，非常有可能，我們這次要找的或許不只是使魔，可能還涉及一位沒有登記在教廷內的流浪巫族。」約書雙手環胸說道。

「流浪巫族？有沒有可能是『某人』回來了呢？」榭汀挑眉，他看向柯羅，意有所指。

辦公室內的燈泡一下子炸了好幾顆。

「你少亂說話！」柯羅瞪著榭汀，像要把對方生吞活剝似地。地面微微震動著，柯羅很生氣時總會這樣。

「你自己認為沒有可能嗎？那為什麼最近的案件你這麼積極參與呢？不是在找『他』嗎？」榭汀哼著。

「榭汀！」

「別吵架、別吵架。」萊特鑽到兩人中間。

「別激動，柯羅，靈郡裡沒登記的流浪巫族很多，我不認為真的是『某人』回來了。」伊甸慢條斯理地用手帕擦著他沾上灰燼的鏡片，語重心長地說，「而且你不認為如果他真的要回來的話，事情可能會……再更高調一點？」

柯羅緊握拳頭，萊特可以看見他死死地咬著牙關，整個人好像陷入了一種出於憤怒或畏懼而產生的沉思。

不太對勁……

「某人是指誰？」丹鹿在這時發出疑問，他有點不高興地看向萊特和其他人，「我是在場唯一不知道狀況的人？」

「這不關你的事！」然後柯羅失控了，一陣黑暗籠罩了伊甸的辦公室，伴隨著詭異而低沉的吼聲，柯羅將手裡一把橘紅色的亮光甩在丹鹿臉上。

「好燙！」莫名被波及的丹鹿摀著臉往後退去。

「柯羅！」萊特剛想把柯羅扯回來，卻看見榭汀十分不悅地睜著眼，從懷裡拿出了什麼東西就往柯羅臉上噴。

柯羅也叫了一聲後撞上了身後的櫃子。

混亂中，伊甸拍了把辦公桌，低聲喊道：「烏洛波羅斯！」

轟的一聲，原本環繞著伊甸辦公桌的銅雕巨蛇一下子像活了過來似地，它開始爬行，身體發出鏗鏘的金屬聲響，一路迅速地爬向倒在地上的柯羅，然後從他的踝處纏上。

柯羅掙扎著想對那隻銅蛇丟東西，手才剛舉起來，整個人卻僵在原地動彈不得。銅蛇伺機纏上了柯羅的身體，一圈又一圈地將他整個人纏成一團。

籠罩著辦公室的黑暗在瞬間退去，柯羅安靜了下來。

「鹿學長！還好嗎？」萊特急忙關切丹鹿的狀況。

只見丹鹿匆忙地在臉上一陣亂拍後，那些橘紅色的光芒像星火一樣慢慢消失了。

「我看看有沒有怎樣。」榭汀拉開丹鹿的手檢查他的臉，對方的臉上紅通通的，像是剛浸過熱水，但沒有大礙。

「我沒事。」丹鹿驚魂未定。

「又是些嚇人的小把戲而已，但還是非常討人厭。」榭汀不悅地用指尖刮掉丹鹿鼻頭上最後一點火光。

確認鹿學長沒事後，萊特擔心地看向地上的柯羅，榭汀不知道對他噴了些什麼，他的身體和臉部有種不自然的僵硬，身體則被伊甸的銅蛇緊緊纏住。

「已經不是第一次了，柯羅活該受點教訓。」榭汀瞪著地上的柯羅說。

「這不是第一次了嗎？」約書出聲，他看向萊特。

萊特咕嘟地吞了口唾沫，小心翼翼地斟酌用詞：「上次在威廉那裡，他也是有這麼一點點、一點點小小的失控，但、但是他沒有傷到任何人！我保證，我在那之前就制止他了！」

萊特解釋著，但面對的卻是大學長越來越差的臉色。

「為什麼我在你的事典報告裡沒有看到這些事項？身為柯羅的督導教士你應該記錄下來，這可不是扮家家酒，你的男巫出了問題，記錄；你的男巫做錯了什麼事，記錄；不要憑著你個人的私心選擇什麼該記錄什麼不該記錄，尤其在你的督導對象是極鴉家的狀況下！」

萊特被約書節節逼入角落，這是他第一次覺得這位面無表情的大學長像個鷹派的教士，嚴謹、肅穆而且冷漠。

「你應該慶幸他沒有傷到任何人，如果有，那會是多嚴重的事，你心裡清楚。」約書用食指往萊特胸口上戳了兩下。

「明白。」

萊特揉揉胸口，而約書依然以壁咚的姿態籠罩著他，並低聲說道：「管好柯羅，私下跟他談談，如果無法配合，你們就滾！格雷和威廉在鄉下調查幾件小案子，也許你們可以改去幫他們清清道路上的牛糞，修身養性，這點也明白嗎？」

「明白。」萊特乖乖點頭，今天難得沒有頂嘴，因為他無法替柯羅說話。

柯羅的巫術向來沒什麼傷害性，但這次波及到鹿學長，沒人能保證繼續這樣下去，以後會發生什麼事。

萊特確實該負起責任。

「非常好。」

約書重重拍了萊特的肩膀兩下，他退開，沒了柯羅的打擾，他繼續剛剛的話題。

「就如同我剛剛所說，這次的案件可能還涉及到一名我們不知道身分、未登記在教廷內的流浪巫族。如果這名使魔真有個主人，這會讓事情變得非常難辨，因為有主人的使魔不會卡在同一個地點，牠會跟著主人移動，靈郡這麼大，很難追捕。」

「我們不可能在靈郡的每個地方蹲點。」丹鹿說，他的臉還燙燙的。

「對，所以我要給你們一個方向，這個方向有點危險，也會讓問題變得敏感又複雜。因此，你們在調查時務必小心為上，不要逞強，有任何問題就馬上回報給我，你們要是出了事，我會很擔心。」約書強調。

「你只是擔心到時候要寫很多報告。」丹鹿強調。

「我只是擔心到時候要寫很多報告。」約書點頭，連假裝一下也不願意，「記得我叫你們看看受害者們身上有沒有咬痕嗎？」

萊特點點頭，「那是什麼？使魔做的？」

「不確定，但根據警方訪查的資料顯示，幾個受害者生前曾經和朋友炫耀過，說那是參加過真正的『巫魔會』之後才有的記號。」

「巫魔會？」丹鹿皺起眉頭。

「流浪巫族和巫魔會，知道為什麼我說這個方向有點敏感又複雜了吧？」約書說，然後拉開其中一個黑櫃，將裡頭的檔案文件拿出來，不停地往丹鹿身上堆，「我們不確定他們到底參加了什麼，但可以知道的是他們有這項共通點，你們或許可以朝這個方向去調查，探訪一下巫魔會的主人，看看能不能問出什麼。」

「知道了。」丹鹿認命地扛著那些資料，「但這次可以多給我們一些經費嗎？」

「喔，當然不可以啦！不用客氣。」約書又往丹鹿肩上拍了兩下，丹鹿敢怒不敢言，「這個靈郡市牛人先生案就先移交給你們，請務必好好辦理。」

「等等，那柯羅怎麼辦？」萊特插嘴詢問。

一行人看著地板上被銅蛇五花大綁的柯羅，柯羅的表情很不高興，整張臉都是紅的，但他說不出話來。

「烏洛波羅斯。」靠坐在辦公桌上的伊甸勾了勾手指，對著銅蛇命令道，「替我送一下我們的小稀客。」

纏繞著柯羅的巨大銅蛇移動起身子，把柯羅捆綁成複雜的麻花，並且用奇怪方式開始在地上移動起來，柯羅不停被翻轉滾動著，一路往門口帶。

萊特一臉驚奇地看向銜蛇男巫，伊甸眨了眨那雙黃色的眼珠，他微笑：「烏洛波羅斯就先借給你們吧？」

巫魔會。

根據教廷的說法，在百年前的阿瑪麗麗絲時代，女巫和男巫們時常會舉行所謂的巫魔會。他們將自己裝扮得花枝招展，召喚使魔前來，崇拜使魔、讚頌使魔……有傳聞，使魔還會變身成巨大的黑色巨牛，讓女巫及男巫們親吻牠的屁股，以示尊敬。

巫魔會被教廷視為一種汙穢的象徵，壞女巫們聚集在一起，除了用狂歡祭祀使魔之外，還用來交換邪惡的計畫。

「不過當然啦，這只是傳聞而已，可能是教廷出於畏懼製造的假傳聞，據說真正的巫魔會並沒有這麼可怕……」萊特嘰哩呱啦說個不停。當他移動腳步時，銅蛇烏洛波羅斯也帶著柯羅一起在他腳邊蛇行。

難怪人人都說銜蛇家的女巫和男巫是技藝高超的工匠。萊特嘖嘖稱奇。

「是喔是喔是喔。」丹鹿敷衍。

「至少我們不會去親吻牛屁股。」榭汀在打開辦公室時這麼否認。

「那有傳聞認為女巫和男巫們會裸體在巫魔會上繞著月亮跳舞，並上演兒童不宜的情節呢？」萊特又問。

榭汀曖昧地笑了笑，耐人尋味地再次回答：「至少我們不會去親吻牛屁股。」

「但我記得現在教廷依然禁止巫魔會的舉行。」丹鹿說。

「你知道巫魔會都是什麼人在參加嗎？是那些不受教廷規範、在白鴉協約規制外的流浪巫族，誰管教廷禁不禁止？」

流浪巫族們向來是教廷頭疼的對象。

百年前，白鴉協約剛成立時，女巫們隨著大女巫的降服而同意了這項協約，但仍然有部分女巫並不滿意這項協約，於是她們四處奔散流浪，隱姓埋名，成了沒有名分的巫族，又稱為流浪巫族。

百年後，受世人所熟知、仍擁有家族頭銜的女巫一族就剩下仍登記在教廷的極鴉、暹貓、銜蛇、狼蛛、鳴蟾蜍、針蠍和魘羊等七大家族，只是後兩者其中之一離開教廷已久，其中之一則是滅亡已久。

至於那些未曾同意協約的流浪巫族，現在四散各處，也不確定還剩多少人。

但根據教廷的資料統計，靈郡仍擁有最多的流浪巫族，他們隱身於平常人中，聚集於違法的巫魔會之內。

「幾百年來，巫魔會一直都有在舉行，只是他們都偽裝成別的活動。」榭汀說，他看著烏洛波羅斯，敲敲自己的辦公桌面，柯羅就這麼被那隻銅蛇「端」上桌去。

「像是什麼？」丹鹿問。

「沙龍聚會、寶寶的洗禮大會、新郎新娘的單身派對之類的。」榭汀說，「近幾年來聽說很流行偽裝成俱樂部或酒吧的活動，可以順便賺點酒錢。」他笑出聲，不知道是不是在開玩笑。

「那巫魔會現在到底都在哪裡舉辦？我們要怎麼找上門？」丹鹿又問。

「嗯，問題就來了，巫魔會是個很神祕的聚會，沒有固定時間和地點，很難尋找。」榭汀又開始替他們倒起熱茶。

萊特看著榭汀將茶塞到他手上，總是這樣的，榭汀給萊特和自己一杯紅茶，鹿學長的是一杯有著奇怪藍色的茶，柯羅總是沒有。

萊特相當懷疑榭汀在給鹿學長灌迷湯。

「你就不能想點辦法？」

「情報和追蹤可不是我擅長的範圍，雖然我最近正在練習後者……但是，這種事還是找專家吧。」

「誰？」

「狼蛛男巫，絲蘭。」

聽到絲蘭的名字，萊特和丹鹿就習慣性地耳朵發癢，他們搓了搓耳朵。

「在這之前，先解決這個問題吧？」榭汀靠在辦公桌前看著柯羅，像是看著實驗用的白老鼠。

「你到底對他噴了什麼？」萊特問。

「我稱呼它為——梅杜莎的眼淚。」榭汀從西裝口袋中掏出了寶石綠的小玻璃瓶，「眼鏡蛇的毒液、梔子花、琥珀和麝香，以及一點點火柴女孩的辣椒籽……噴一下，就能讓你石化好幾個小時。」

「我可以……」萊特伸手。

「不，你不可以。」謝汀一把拍掉了他的狗爪，「這東西很危險，誰知道你在動彈不得的幾個小時裡會不會有人對你做什麼壞事？再說啦，你可以不要什麼東西都想試嗎？」榭汀真懷疑他這一生是怎麼平安長大的。

榭汀將小瓶子小心翼翼地收進西裝口袋內，萊特則懷疑他的口袋是個異次元空間，什麼東西都拿得出來，就像哆啦◯夢一樣，反正都是藍色的貓咪。

「柯羅會這樣動彈不得多久？」萊特彎腰看著桌上被銅蛇緊緊纏住的柯羅，他的表情有些痛苦，這讓他有點於心不忍。

「本來大概會花上一整天……但是別擔心，我當然有方法讓他從石化的狀態恢復。」榭汀從抽屜裡拿出了黑色的藥水瓶，「十分鐘，他很快就會沒事的。」

「這樣啊……」萊特放心地看著榭汀用黑色的藥水在柯羅臉上塗塗抹抹，那看起來像極了墨水。

柯羅臉上被塗了一隻烏鴉和一隻貓咪還有一堆愛心，額頭上還寫著「對不起，我壞壞，我會反省」。

慢著……

「你確定那是藥水而不是墨水嗎？」萊特問。

「不確定。」榭汀笑得像隻偷腥的貓，接著他將手上那像墨汁一樣的藥水滴進了柯羅的眼睛裡。

藥水很快被柯羅的眼球吸收，他的淚水開始往外冒，但眨了眨眼後，眼珠終於能轉動了。

榭汀用力地拍了拍柯羅的臉頰，然後用只有萊特聽得到的聲音說：「臭烏鴉很快就能動了，等他清醒請務必好好和他談談，他要是敢再動我的老鼠一次，下次就不是石化這麼簡單了。」

貓先生不笑的時候看起來特別具威脅性，碰一下都會被抓傷似地，然而當他轉頭看向丹鹿時，又是一副人見人愛的討喜笑臉。

「好啦！放他們在這裡等柯羅恢復，鹿鹿先跟我去找絲蘭吧？」

「別再叫我那個小名，不然我真的會揍你。」雖然鹿學長似乎並不買單。

「你知道榭汀給鹿學長的藍茶裡都放了什麼嗎？」

「不知道，孩子，我是新來的。」

「那你知道伊莉莎白女士去哪裡了嗎？」

「不知道，也許是天堂吧？」

「那你知道天堂在哪裡嗎？」

「唉……你有點煩吶，孩子。」

萊特正在跟丹鹿桌上的新顛茄聊天，那位愛唱歌的伊莉莎白女士不知道去了哪裡，取而代之的是位老態龍鍾的顛茄，他看起來好老好老，老到都不想說話了。

萊特不知道他的名字，他自己也忘了，姑且就叫他老先生吧。

「我只是……」萊特正要繼續煩老先生，卻被身邊鏗鏘作響的聲音給打斷。

「呃……」柯羅在烏洛波羅斯的纏繞之下，發出了呻吟聲。

「柯羅！你可以動了嗎？可以說話了嗎？」萊特幾乎立刻撲了過去。

「滾開……叫這隻蛇也滾開！」被銅蛇緊緊纏住的柯羅一臉鐵青地說著，萊特的重量一壓上來，他都快不能呼吸了。

平常大概會立刻把銅蛇從柯羅身上扒開再自己扒上去的萊特，今天只是看著柯羅，然後靠在他身上不動。

「王八蛋！我叫你——」

「柯羅，攻擊人是不對的，無論你有多生氣。」萊特深吸了口氣，他一臉嚴肅，臉上沒有笑意，「尤其對方是你毫無惡意的朋友。」

「丹鹿才不是我朋友。」柯羅嫌惡地皺起眉頭，又說，「你也不是。」

萊特沉默了一下，沒像平常一樣嘰哩呱啦地辯解著他們是不是朋友、是不是好伙伴，相反地，他只是手環著胸，然後說，「上次你不舒服的時候，可是鹿學長把你帶回家的。」

「上次也是他把我摔在地上的。」

「上次是因為你先對榭汀不禮貌。」

「但那是因為……」

「柯羅！在這裡沒人會無緣無故地傷害你好嗎？」萊特忽然喊了聲，這一喊，連老先生都縮回葉子裡去了。

柯羅愣了愣，不高興地掙扎起來，但銅蛇卻將他越纏越緊。

看到被纏成麻花的柯羅，萊特嘆息了聲，重新坐回柯羅身邊。

「柯羅……我跟你保證好嗎？我和鹿學長絕對不會隨便傷害你，前提是你也不能隨便傷害我們。」

「那只不過是像熱水一樣的熱度而已……」

柯羅嘟噥著，卻看見萊特伸出手指就往他額頭上重重地彈了一下，叩的一聲，異常響亮。

「痛死了！王八蛋，你這樣很討厭……」額頭紅腫的柯羅更生氣了。

「對，就只是被彈額頭而已，但還是很討厭，這樣你明白了嗎？」萊特說。

柯羅撇過頭去不說話了。

「答應我，找機會去和鹿學長道歉，還有，你必須克制自己的脾氣，胡亂發脾氣對你沒有任何好處。如果鹿學長和我說了什麼你不喜歡的話，就告訴我們，我們會打住……總之就是你不能動手動腳、不能隨便用你的光芒丟我們……」

萊特想了想，又更正：「其實你還是可以拿光丟我看看，我滿好奇那是什麼感覺，像熔岩一樣嗎？還是說……」

「拜託你閉嘴！」柯羅大翻白眼，怒氣漸消，萊特總是有辦法讓人想氣又氣不起來。

「那你答應我，打勾勾。」萊特伸出了小指頭。

「……」

「柯羅羅羅羅羅——」萊特的小指頭戳到了柯羅臉上。

「你不放開我是要打個屁股勾啊？」柯羅吼道，再度敗下陣來。

萊特笑了起來，他拍拍銅蛇烏洛波羅斯，「好，放開柯羅吧。」

銅蛇唰啦唰啦地移動著，沒有放開柯羅，反而將柯羅纏得更緊。

啊，慘了，沒人問過伊甸要怎麼解開烏洛波羅斯的束縛。

「你想殺我嗎？萊特！」

「不不不不不！我沒有！」

在萊特一陣手忙腳亂、越幫越忙後，搶在柯羅窒息之前，萊特想起了烏洛波羅斯的習性。從纏得亂七八糟的銅蛇軀體裡，萊特找出了銅蛇的尾巴，他拉著銅蛇的尾巴塞進了它的嘴裡。

銅蛇銜住了自己的尾巴，身體開始鬆動，原本被五花大綁的柯羅總算慢慢掙脫了出來。

當柯羅完全掙脫後，銅蛇開始瘋狂啃食自己的身體，從尾巴一路往上啃，銳利的尖牙擦過銅蛇的皮膚，擦出了火花，一陣巨大的星火冒出之後，銅蛇憑空消失，只剩一縷白煙。

萊特和柯羅無言地看著空無一物的桌上，柯羅活動著僵直了許久的身體，萊特則是翹著小拇指又湊過來。

「欸！你煩死了！」柯羅的小指頭被強硬地勾住。

「打勾勾，違背約定的人就要……」

萊特話還沒說完，兩人腳下的地板忽然微微傾斜起來。

錯覺？

萊特看了眼地板，當他和柯羅發現自己的重心被轉移，有些立在地面上的物品都開始往側邊移動，他們才驚覺這不是錯覺。

整個辦公室像是被人緩緩轉動著，萊特和柯羅就像滾輪裡的兩隻倉鼠一樣，因為地板的極度傾斜而往下滑動，但辦公室內的桌椅還有丹鹿桌上的顛茄盆栽都沒有受影響。

「你們趴在地上要滑去哪裡？」桌上的老先生發出了傻眼的聲音，但對萊特他們來說，違抗地心引力黏在桌上的老先生才是那個最莫名奇妙的存在。

「王八蛋，一定是那隻臭蜘蛛……你可不可以不要再勾我的小指頭了！」柯羅吼著萊特的同時，辦公室完全傾斜，兩人一下子往下滑落，正要雙雙撞上辦公室大門時，大門啪一聲打開，兩個人一路滾了出去。

CHAPTER 5

巫魔會

萊特和柯羅一路從明亮溫暖的空間滾進了昏暗陰冷的地方。

柯羅撲倒在地時，萊特直接以他當墊背，完美地落到他身上，一點疼痛和碰撞也沒有。

萊特一張眼，看到的就是他們像小仙女一樣的學姐卡麥兒。

卡麥兒彎著腰，長睫毛眨呀眨地，一臉困惑地問：「學弟，你們知道你們可以敲敲門後進入，不用滾進來吧？」

站在卡麥兒旁邊的是同樣一臉困惑的丹鹿，眼神同樣在質問他們：好好的路不走，為什麼要滾進來？

「並不是我們自願滾進來的，是有人對這空間做了什麼！」萊特躺在柯羅的背上，嘖嘖稱奇。

「拜託你快起來好不好？」柯羅惱怒地吼著。

好不容易被拉了起來，萊特這才發現他們直接滾進了某人的辦公室內。

像鏡面一樣的天花板和地板，以及層層排列讓人眼花撩亂的辦公室裝潢，這不是萊特第一次來到這裡，也不是萊特第一次以剛剛那種奇怪的方式從一個空間轉移到另一個空間。

「臭蜘蛛！誰准你這樣移動我們了？」柯羅怒氣沖沖地瞪著坐在前方的紫髮男人。

「其實滿好玩的，但要是能再降低一點刺激性會更好，絲蘭先生。」萊特建議，他看向害他跌了兩次的狼蛛男巫。

今天的狼蛛男巫依舊維持著他成年人的樣貌，不過比起上次略顯蒼老、氣色又差的模樣，今天的絲蘭看上去氣色不錯，像個英挺的中年紳士。

「為什麼你也知道他就是絲蘭？」丹鹿一臉震驚，在他的印象裡，絲蘭應該是一位纖細的短髮小男孩，而不是眼前的長髮中年男子。

「為什麼你們都會認錯絲蘭先生的模樣呢？」卡麥兒無法理解地扠著腰，直到絲蘭從沙發上起身，站到她身旁。

「仔細看清楚好嗎？」卡麥兒展示似地用手從上到下撫過絲蘭，好好介紹了自家的男巫一次。

獅派的教士多少都有點「我家的男巫最棒」的情結在。

絲蘭將小仙女的手拉住，輕輕擺脫她的爪子，並且禮貌地說道：「是榭汀說，你們應該談完該談的事了，要我把你們直接送來。」

萊特看了眼榭汀，榭汀對他頷首示意，臉上帶著微笑，眼神卻像是在告訴他：你最好談完該談的事了。

「柯羅，好久不見。」絲蘭對柯羅頷首示意。

柯羅嘖了聲，沒有應話，別過臉之後就往萊特身後躲去，似乎不想和絲蘭多做寒暄。

萊特想起上次絲蘭對柯羅的使魔充滿興致又咄咄逼人的模樣，他下意識地往前站，擋住柯羅。

絲蘭歪了歪腦袋，笑瞇雙眼，並沒有多說什麼。

「好，都到齊了，我們來談正事吧？聽榭汀說，你們想得到巫魔會的資訊？」絲蘭問。

「是的。」萊特點點頭。

「但你們清楚巫魔會是個什麼樣的集會嗎？」絲蘭的視線在榭汀和柯羅間徘徊，「兩個守規矩的小男巫八成也不太清楚吧？」

「長話短說，絲蘭。」榭汀不以為然地翻了翻白眼。

「還記得我們的好同伴，針蠍家族嗎？」絲蘭問。

針蠍。萊特都多久沒聽人提起這個家族過了。

針蠍家族早在幾年前就離開教廷，雖然過去貴為教廷旗下的七大女巫家族之一，但自大女巫事件後，針蠍家族失去了他們最珍貴的針蠍女巫，而女巫餘下的子嗣則是在那之後就決定離開教廷，不再為教廷所用，現在也只是「名義上」還登記在教廷而已。

然而他們離開的真正原因為何，至今還沒有人知道，但有傳聞，針蠍女巫的一雙子嗣在繼承了針蠍的名號之後，一直都在靈郡私下活動著，教廷也都暗中注意著他們的動向。

「近幾年巫魔會的主人都是針蠍家族的那對雙子，他們舉辦巫魔會，吸引流浪巫族相聚、參與，私下不知道做著什麼勾當……隨意地前往拜訪，你們知道有多危險嗎？」

脫離教廷掌握的巫族們就像未爆彈一樣，如果失去控制，破壞了白鴉協約的條款，教廷可以合法請教士出面獵殺這些壞了規矩的流浪巫族，甚至還可以讓教廷裡登記的巫族們去幫忙獵殺自己的同伴。

這是當初約定好的。

「沒你說的這麼危險，都這麼多年了，我們現在不是還和平共處嗎？」榭汀不以為意。

無論是教廷還是巫族的人，沒有人想再見到大獵殺的事情發生，能避免衝突就避免。

因此這幾年來，針蠍家的離開及流浪巫族的存在雖然讓教廷很頭疼，但在沒有出大問題的前提下，教廷不會刻意去理睬或介入這些流浪巫族的生活，他們只是觀察並監督著，直到有任何嚴重的事情發生……

針蠍們和流浪巫族儼然成了遊走於灰色地帶的族群。

「這牽涉到針蠍家，你們不小心處理，就會有危險，還可能牽連到我……」絲蘭瞇起眼，狼蛛男巫不喜歡被占便宜，於是他狡詐地交換著條件，「要我提供情報，那麼你們打算用什麼做為交換呢？」

一陣靜默，絲蘭的視線凝滯在柯羅身上，他指著柯羅，「不如這樣，讓我……」

「不如這樣！」萊特慷慨激昂地伸出雙手，擋在柯羅前面，「用我的身體交換吧！」

老紳士聞言，皺起眉頭，似乎沒料到會發生這樣的事。

「什、什麼？」

「我年輕力壯身體好，頭腦又聰明，長得又好看！我可以做很多事，從家事處理到公事安排，如果你有需要，我還會經營社群網站和粉絲團，另外也具備五國語言的能力……」萊特劈里啪啦地介紹著自己，就差沒拿出履歷表來了，這讓絲蘭頗為困擾地退後了一步。

榭汀在後面笑到快趴到丹鹿背上去了。

「不，謝謝，我不需要。」絲蘭不悅地頻頻蹙攏眉頭時，站在他後方的小仙女發話了。

「絲蘭先生，我說過什麼？」卡麥兒雙手扠腰，像母親訓孩子似地訓著年紀看上去大上她許多的男人，「這是工作，你不能私下要求報酬，不然這就是貪汙！我都跟你說過多少遍了？」

「沒關係，學姐，如果他只是想要我的身體……」

「學弟！每個人的身體都是很珍貴的，要學會尊重自己的身體！再說啦，絲蘭先生的這種行為真得很要不得！」

萊特和卡麥兒你一言我一語地上演著溫情教育大戲，絲蘭被夾在其中，青筋都冒出來了，他滿臉不悅地看向笑出眼淚的榭汀，難怪對方會堅持等萊特和柯羅他們來了再一起談。

有隻貓更狡詐。

「絲蘭先生，你就收下我的身體吧！」

「絲蘭先生！我教過你什麼？不管是男生女生都要尊重他們的身體，快幫他們！」

小公獅和小母獅一下子近逼上來，蜘蛛都被逼成了待宰羔羊。

「安靜！」絲蘭猛地用手杖敲了一下地面，一瞬間，整個空間轟隆隆地震動著。

萊特和卡麥兒一下子安靜了下來。

就一下子。

「好，所以你幫不幫？絲蘭先生？」卡麥兒雙手還扠著腰。

「或是你要先鑑定一下我的身體……」萊特寬衣解帶。

「神聖的大女巫啊！我幫！我幫就是了，不需要你的身體！」優雅沉穩的老紳士被煩怕了，用手杖戳了萊特幾下讓他後退。

絲蘭深呼吸著，又瞪了榭汀一眼，這才轉身對著他的教士耳語：「麥子，去幫我倒杯熱茶來。」

「白茶葉的那種？」

「不，普通的紅茶就好。」

「好，但你要好好招待人家。」卡麥兒耳提面命。

絲蘭不慍不怒，只是敷衍地應了兩聲：「當然。」

待絲蘭把小仙女打發走了之後，他冷冷地轉過頭，心不甘情不願地甩了甩手杖，叩叩叩地敲響地面。

「先生們，請坐。」

一眨眼，八張模樣和花色完全不同的骨董沙發憑空出現，凌亂地圍成一圈，而且緊抵著萊特他們的小腿，逼著他們坐下。

絲蘭坐在主位上，他的沙發大又舒適，其他人都是窄窄小小的硬沙發。他們被迫圍成一圈，像在舉辦沒有營火的營火晚會。

「我很忙，我也有自己的案件要處理，所以只能替你們蒐集一些巫魔會的線索，真的要進入巫魔會，你們必須自己想辦法。」絲蘭又開始用手杖輕輕敲著地板，他每敲一下，他們就身處在不同的地方。

一下子是人潮擁擠的靈郡大街上，萊特親眼看到原本在逛街貴婦們一臉詫異地和他對上眼，但下一秒，他們人又出現在一處公園裡，邋鞦韆的小孩子看他們看呆了，一個沒注意盪飛了出去。

萊特沒看到小孩子飛出去後發生了什麼事，因為再下一秒、下下一秒……他們又出現在了無人的酒吧街、瀰漫尿騷味的地下鐵、住宅區、充滿尖叫聲的女性更衣室——

難怪小仙女學姐這麼愛對絲蘭進行「尊重」教育。

在他們不停轉換地點的期間，伴隨著敲地聲，絲蘭也不停地用一種親暱的語氣重複說著：「孩子們，回家、回家、回家，回到你們母親的身邊來。」

萊特一臉新奇地看著這一切，但一旁的丹鹿好像快吐了。鹿學長不太擅長這樣眼花撩亂的場面，況且在女更衣室時還有位女性直接一巴掌從他頭上扒了下去。

就在丹鹿真的要吐出來前，絲蘭用手杖猛敲了一下地面，喊道：「回家！」

一眨眼的工夫，他們又回到了絲蘭的辦公室內。

一片寂靜之中，有種窸窸窣窣的爬行聲傳來，這讓萊特莫名打了個顫，他身邊的柯羅忽然伸手猛掐了他的大腿一把，讓他反射性地縮起腳來。

在萊特用眼神詢問柯羅怎麼了的時候，一旁的榭汀也輕拍起丹鹿的大腿。

「收起你的腳腳來，鹿鹿老鼠。」

「為什麼？」丹鹿問，但還是乖乖的收起腳來。

緊接著，從地板和牆面爬過的東西讓萊特和丹鹿兩人都噤了聲。

一大群密密麻麻、有著紫色大肚子、細瘦八足的蜘蛛從地板後方一路爬向絲蘭，牠們的數量多到像一波蜘蛛海浪，從陰暗的角落中不斷湧出。

蜘蛛們從萊特和丹鹿腳下經過，卻刻意地避開了榭汀和柯羅，然後慢慢爬上了絲蘭的身體。

萊特和丹鹿的雞皮疙瘩瘋狂冒了出來，看著蜘蛛們淹沒絲蘭的模樣，他們的皮膚也忍不住癢了起來，彷彿有幾隻蜘蛛偷偷鑽進了他們的衣服裡。

蜘蛛們在絲蘭的耳朵內爬進爬出，絲蘭卻一點也不受困擾似的，他甚至露出了能稱得上是慈祥的神情。

絲蘭輕輕撫著自己的腹部，又是一陣呢喃，像是在說情話似地對著自己的腹部說：「開心嗎？見到妳所有的孩子們。」

萊特盯著絲蘭的腹部，忍不住好奇：那裡面又有什麼呢？

「現在，孩子們，告訴我——我需要巫魔會的資訊，將在何時、將在何地，我需要一點點的線索。」絲蘭往後仰著，閉上眼來仔細聆聽著什麼。

柯羅他們什麼也沒聽到，只有蜘蛛們不斷爬行的細碎聲音。牠們鑽進絲蘭的耳洞、鼻孔內、嘴內，絲蘭則是溫柔地應聲以對，像在自言自語。

令人毛骨悚然的一幕直到絲蘭再度敲響手杖才停止。

「很好，我得到我要的線索了。」絲蘭說，幾隻蜘蛛親暱地爬過他的眼球，他眼皮連眨都沒眨一下，「謝謝你們，孩子們，現在開心地回去玩吧？我日後會再送上回禮報答。」

語畢，蜘蛛們忽然刷一下從絲蘭身上散開，沿著原路再次爬回陰暗處。

「回去了、回去了、回去了，孩子們。」絲蘭用手杖不停地敲打著地面。

萊特他們又再度經歷了一次剛剛的場景，只是這次變化的速度更快了，但丹鹿仍然被同樣的女士以迅雷不及掩耳的速度從後腦勺賞了一掌。

丹鹿抱著後腦勺快哭出來的同時，他們再度回到了辦公室，小蜘蛛們已全數退去，而卡麥兒正好端著茶進到了辦公室內。

「怎麼哭了？絲蘭先生欺負你嗎？」小仙女學姐一看到學弟眼角帶淚，急匆匆地就質問起絲蘭來，「不是要你好好招待他們嗎？」

「這可不關我的事。」絲蘭漠不關心地回道，最後一隻蜘蛛從他耳朵裡爬出，一路爬上他的手指，絲蘭輕輕送走了牠。

「那丹鹿怎麼……」

沒等卡麥兒把話說完，絲蘭用手杖的握柄勾住對方制服上的腰帶，直接把人拉了過去。

「這樣很沒禮貌！」小仙女斥責著，熱茶卻完好無缺地送到了絲蘭手上。

「呃，你們要不要乾脆去結婚好了？」榭汀翻了翻白眼，卻被丹鹿用手肘撞了一下。

「事實上，教士和女巫或男巫之間是禁止通婚的，你可以翻閱白鴉協約中關於婚姻的……」萊特正要開始他的女巫知識小教室，卻被貓先生和鹿學長翻了兩個大白眼。

全然不在意榭汀的調侃，絲蘭享用了他的熱茶，請小仙女好好坐到他的身邊後，他開口說道：「我已經問到了一些巫魔會的線索。」

「什麼時候？這次在哪裡舉行？」丹鹿問。

「我不曉得。」絲蘭說。

「你不是說你問到了嗎！」

「我說過我只能問到一點點線索。」絲蘭擺擺手，像看智障一樣地看著丹鹿，「巫魔會不是那種有著明確時間和地點的聚會，如果你是流浪巫族，或許會受到邀請。據受邀過的賓客說，巫魔會舉辦的當下，巫魔會的主人自然而然會讓你知道時間地點，無論你在哪裡，只要你想，最後總能進入巫魔會。」

「聽起來很神祕，那一般人有辦法混進去嗎？」萊特問。

「不是沒有機會。」絲蘭喝了口熱茶，「這幾年的靈郡很流行舉辦假的巫魔會，普通人裝扮成男巫和女巫，群聚在酒吧或俱樂部，在大廳裡放上黑牛的雕像，在酩酊大醉之後一起親吻雕像的屁股，十場有十場都是假的。」

假巫魔會就像個女巫主題的狂歡派對。萊特和丹鹿先前就遇過幾個從這樣的假巫魔會派對回來、喝得醉醺醺的青少年，萊特還把對方教訓哭了。

「真正的巫魔會的主人們或許知道這點，大概是出於好玩或壞心眼吧？他們最近很喜歡混在假的巫魔會中舉行真正的巫魔會。」

「所以假的巫魔會也有可能是真的巫魔會？」

「是的，巫魔會的主人甚至會邀請一些漂亮的普通人參與，讓他們假扮成女巫和男巫，美其名是讓他們參與狂歡派對，實際上只是把他們當成娛樂品、服務人員或提款機。那些假女巫和男巫們甚至不知道自己被當凱子一樣剝削，還沾沾自喜著成了女巫們的一員。」絲蘭嘲弄地笑了幾聲。

「那我們要怎麼收到邀請？」丹鹿問。

「孩子們告訴我，最近光是在靈郡市內舉行的巫魔會就有將近十多場，但有一場特別奇怪……牠們說，這場巫魔會不像一般的俱樂部或酒吧，到處張貼舉行的地點和日期，相反的，他們派人在街上隨機發放邀請函，邀請函上沒有時間地點，只有一隻紅蠍子的浮水印和一句話——『也許你夠幸運』。」

「也許你夠幸運？」萊特不解地歪了歪腦袋。

「聽說每個收到邀請函的人，都在空白的邀請函上看到了不同的地點和時間，但沒人確定哪個時間和哪個地點是正確的，所以也許你夠幸運……你能看到真正的那個，就能進入真正的巫魔會。」

「那現在呢？你能幫我們拿到那些邀請函嗎？」丹鹿追問。

「不，我已經告訴你們線索了。」絲蘭不悅地搖了搖頭，「你們現在要做的，就是找到發邀請函的人，拿一張邀請函，然後碰碰運氣。」

「但這根本一點幫助也沒有！我們又要怎麼找到發邀請函的人？」丹鹿抱怨。

「我不在乎。」絲蘭挑眉。

「學姐——」於是萊特開始看著卡麥兒撒嬌。

「絲蘭先生！」卡麥兒轉頭看著絲蘭，語氣微凶。

被煩怕了的絲蘭再度狠狠瞪向一旁的榭汀，貓先生滿臉得意。無奈之下，他搖了搖頭，丟出更多細碎的線索，「針蠍們喜歡豢養年輕貌美的少年或少女，如果他們的雙眼看不到眼白、一片漆黑，那就是了。記住，往角落、陰暗的小巷弄去找，蠍子和他們寵物喜歡在那種地方出沒。」

「在這之前，你們最好脫掉身上的制服，換上一件最漂亮的好西裝，畢竟沒有女巫會想邀請教士參加派對。」絲蘭說，他用手杖指了指萊特和丹鹿。

「但是……」

「如果有相關的第一手消息我會通知你們。」沒讓萊特和丹鹿有繼續發問的時間，絲蘭用手杖在地板上猛敲了幾下。

地板再度開始傾斜。

「怎麼回事？」丹鹿還以為是地震。

「絲蘭！你不准再……」柯羅已經氣到準備要跳腳了。

「我能給你們的線索和幫助就是這些，現在恕我和麥子還有事情要處理，先送客了，想必你們也很急著離開。」絲蘭握著小仙女的手，他們似乎是唯一不受到地板傾斜影響的人。

「喂！等——」

榭汀的反應很快，拉起丹鹿就開始往門口跑，像在跑下坡一樣迅速地踏出了大門。

反應比較慢的萊特和柯羅則是再度滾落到地上。

「祝好運，紳士們。」絲蘭最後說。

「學弟！你們怎麼老愛用滾的……」在卡麥兒的驚呼聲中，萊特和柯羅狼狽地滾出了狼蛛男巫的辦公室。

靈郡是座大都市，也是座古都，很多地方都保持著百年前的模樣。彎彎曲曲、神神祕祕，像魔法世界一樣的小巷弄多的是，要去陰暗的角落找什麼神祕又貌美的黑瞳少女及少年，根本不是件容易的事。

就像絲蘭說的，一切都要碰運氣。

在獲得了絲蘭的情報後的幾天，萊特和丹鹿他們成天埋伏在小巷弄內也一無所獲，整天在靈郡遊蕩當薪水小偷也不是辦法，於是他們決定先分頭調查。

萊特和柯羅被派去那些祕密的小巷弄內巡邏「碰碰運氣」，反正萊特最大的長處就是運氣好。

至於丹鹿和榭汀則是從細節開始，重新調查一遍整個案件的始末。

在亞倫和芮愛之前，還有死亡的兩位受害者，兩個都是正值花樣年華的少年少女，被發現死亡前幾天，都已經被通報失蹤多日了。

第一位受害者——伊芙杜里。

人們最後一次看到伊芙，是她還在學校的時候。據說她失蹤當天，曾跟朋友們炫耀自己參加過真正的巫魔會。她鉅細靡遺地描述真正的巫魔會有多麼神奇、多麼五光十色，並露出她頸子上像印記一樣的小傷痕，宣稱那是受到男巫們的喜愛、由男巫們賦予的印記，只有參加過真正的巫魔會的人才會擁有。

並且，她告訴她的朋友們，巫魔會的主人很快會再帶她去參加第二場巫魔會，而很快地，她就能成為他們的一分子。

能成為女巫是件多酷的事？這是伊芙的原話。

那天之後伊芙就失蹤了，她的朋友們認為她是被巫魔會的主人帶走，也許成了女巫什麼的……然而幾個禮拜後，伊芙卻在幾十公里外、某戶人家的屋頂上被發現。

她被丟在屋頂上，四肢皆斷，內臟被燒灼，心臟也被吃了。

第二位受害者——喬梅爾。

喬的父母說，喬在失蹤前就表現得很怪，平常不翹課的他某天翹了課後，就很常無故不去上學，然後獨自在外遊蕩。

此外，他也和朋友們炫耀過同樣的事，宣稱自己參加過真正的巫魔會，並且露出了手腕上的小印記，說那是男巫們賜與的祝福之吻，祝福他未來將能成為他們的一員。

喬也告訴過自己的朋友們，男巫們很快會讓他再度參與巫魔會，就是最近了……幾天後他沒去學校、也沒回家，因此被家人通報失蹤。

幾個禮拜後，喬爾在靈郡的郊區荒野被發現，他被丟在小山坡上，手腳被摔斷，內臟燒灼成灰，心臟也被吃了……

就如約書所說，所有問題似乎都指向巫魔會，但在完全不知道究竟是什麼東西拐走這群受害者的前提下，真的很難處理。

這也是為什麼丹鹿帶著榭汀來到了這裡——芮愛威瑪的家。

在他們發現的受害者中，芮愛的妹妹是案件裡唯一目擊到完整失蹤經過的人。

「妳記不記得長著尖角的牛先生長什麼樣子呢？」丹鹿坐在地上輕聲詢問。

坐在他對面的小女孩玩著她的布偶，穿著裙子的布偶有著一頭金髮，這讓丹鹿想起了伊甸的巫毒娃娃。

小女孩玩著娃娃不說話，看了坐在旁邊的媽媽一眼。

芮愛的媽媽沉默地望著窗外，她的頭髮凌亂、氣色很差，眼圈都是黑的，雙眼則是浮腫且布滿血絲。

似乎還沒意識到姐姐發生了什麼事，小女生只是本能地避免又說錯什麼話，以免讓平常溫和的媽媽歇斯底里地哭叫。

芮愛的爸爸臉上同樣是一片狼狽，看上去像好幾天沒睡，也沒打理自己了，但他還是鼓勵著芮愛的妹妹，「沒關係，妳繼續說下去。」

「牠頭上有對又尖又大的牛角，笑起來像河馬一樣，牙齒方方的。」小女孩低頭玩著她的娃娃，想了想，又說，「牠的眼睛和嘴裡還有火焰，藍色的火焰。」

牙齒方方，眼睛裡有藍色的火焰？

「所以牠看起來像隻牛嗎？」丹鹿又問。

「我不知道，牠看起來像是個渾身都長滿黑毛的人，又高又大，下半身卻像牛一樣，所以我猜……牠應該是牛吧？」小女孩搓了搓鼻子，健談地說著，「就像小美人魚一樣，芮愛說她是人，但我覺得她是魚。」

「我也覺得她是魚。」榭汀插話，對著小女孩微笑。

小女孩好不容易露出了一絲笑容，她的母親卻疾言厲色地打斷他們的對話：「不，別這樣，別對著她笑。」

榭汀的笑容消失了，小女孩則被她的母親抱進懷裡，用力壓制著，像是要把她揉進骨子裡。

「媽咪……」小女孩紅了鼻子。

「抱歉，女士，我們只是想幫忙。」丹鹿尷尬地擋在傷心的母親和冷漠的男巫中間。

「我知道你們是要幫忙，但我現在承擔不了另一個男巫拐走我孩子的風險。」芮愛的媽媽又說，她瞪著榭汀，淚水開始往下掉，「我們只剩下她了。」

丹鹿看了榭汀一眼，對方的表情沒什麼變化，只是對丹鹿點點頭後就先行離開了房間。

今天的榭汀沒有用上維納斯的愛語，拜訪受害者家屬時他不會占這點便宜。

「不好意思，教士先生，我們家一直都不是極端的反女巫分子……」這也是為什麼榭汀一開始得以踏入芮愛家的原因。芮愛的爸爸又說：「但我和太太一直認為芮愛的事和男巫們脫不了關係，雖然我們知道您和那位男巫先生是要幫我們，但我想我們現在可能還是沒有辦法承受一個男巫在家裡閒晃。」

丹鹿無奈地點點頭，一方面有些為榭汀抱屈，另一方面他又可以理解芮愛爸媽的心情。

「請讓我再問幾個問題就好。」丹鹿安撫著夫妻倆，他蹲下身，小心翼翼地詢問小女孩，「除了牛先生，妳還有看到其他人嗎？」

「牛先生的朋友嗎？」小女孩說。

「牛先生有朋友？」丹鹿趕緊記下來，「妳記得他長什麼樣子嗎？」

「不記得了。」小女生揉揉眼，看上去有點累了，她說，「但他穿著黑黑的衣服，就像剛才的貓先生一樣。」她說。

像榭汀一樣？那就是標準的男巫打扮了。丹鹿思索了會兒，最後又問：「那妳記不記得他說過些什麼話？」

「對不起。」小女孩說，「他說『對不起，只帶走一個就好』。」

CHAPTER 6

針蠍

萊特穿起西裝來莫名地有模有樣。教士穿著教士服時就像個神聖莊嚴的教士，穿上西裝打上領帶時，看上去卻又像個血統純正的男巫，沒有絲毫的瑕疵。

相較之下，丹鹿穿起西裝就像個四不像，每幫他試上一套新的西裝，榭汀就會發出「嘖」的聲音。

「我沒料到有人就是天生不適合優雅華貴的東西。」這是榭汀的原話。

或許這也是惹怒了鹿學長，讓鹿學長選擇把萊特和柯羅丟在路邊當誘餌，自己穿回教士服去調查案件的原因。

採納了絲蘭的建議，萊特換裝成「低調」的男巫行頭，看看能不能吸引到巫魔會的線索，畢竟他向來很幸運……

然而如同他先前所說，最近柯羅的壞運好像有點壓過他的好運了。

兩天過去，他們完全沒有碰到相關線索，的確收了幾張邀請函，一些內容和披薩有關、一些內容讓兩個人都不好意思地紅了臉。

第三天，他們遇上了靈郡市區的一場大雪，地上蓋滿厚厚雪堆，兩人正坐在小公園裡的鞦韆上打混。

按照萊特的說法，這不叫打混，而是休息時間。

「我們就像兩個白痴一樣，你去叫丹鹿和榭汀回來跟我們換工作！」柯羅坐在盪鞦韆上瑟瑟發抖。

「這工作不好嗎？你看我們現在還可以在外面盪鞦韆耶！」萊特將手上的熱可可塞到柯羅手上，自己高高盪起鞦韆來。

柯羅冷眼看著身穿全套黑西裝、賣力盪著鞦韆的男人，嫌惡地撇撇嘴後，喝起了對方的熱可可。

「有時候，你比男巫還像男巫。」柯羅碎念。

「是——」萊特盪上去，「嗎——？」又盪下來。

柯羅只是輕輕地晃著鞦韆，他注意到不遠處繞路的人們。一群原本像是要帶著小學童們來公園玩的幼稚園老師，在看到公園被男巫們占據為王後，選擇帶著手牽著手的小學童們繞路離開了。

人們說靈郡的思想有多開放，多麼歡迎女巫與男巫，柯羅才不信這一套，他認為他們只是把歧視藏了起來而已。

就像他們現在看到他時，選擇繞路的行為一樣。

「你──說──我──能──不──能──盪一圈──啊──？」萊特高高地盪著，鞦韆快散架了。

呃，又或許真的只是因為這裡看起來有個危險人物而已。柯羅瞪著萊特心想。

「不要再晃了！鞦韆要倒了！」柯羅大吼出聲，對方才乖乖地趨緩晃動的幅度。

「我能不能問你一個問題？」萊特停下鞦韆時詢問。

「不能。」

「你們小時候也像他們一樣上小學嗎？」萊特指著遠方繞路而行的學童們，「像魔法學校那樣？」

男巫和女巫們是被禁止上普通人的學校的。萊特記得。

「不，我們在家自學。」柯羅說，他把萊特的熱可可喝完。

「請家教老師嗎？」

「請家教老師幹嘛？學一元二次方程式？當然是跟著母親、長輩之類的學習！」

「像是跟著達莉亞嗎？」

柯羅沉默了一會兒，他撇過頭，淡淡地說道：「達莉亞總是很忙，我和榭汀跟著蘿絲瑪麗學習。」

「聽起來很有意思。」萊特從地上鏟了一顆雪球。

「只有你才會覺得有意思……」柯羅才剛轉過頭，一顆雪球就砸到了他臉上。

等柯羅抹掉臉上的雪，露出陰森恐怖的臉時，萊特已經跑得遠遠的，用溜滑梯當作堡壘，又往柯羅身上砸了一顆雪球。

「雪球大戰戰戰戰——！」萊特吼道。

靈郡咖啡店裡的熱可可是不是加了什麼東西？柯羅憤怒地瞪大眼，沒有跟著挖雪球，而是掄著拳頭追了過去。

「我揍死你！」

兩個穿著黑西裝的男人在公園裡四處奔竄，柯羅身上都是雪，萊特倒是毫髮無傷，最後柯羅還一路追著萊特追出了公園。

雪球大戰儼然變成了追逐戰，而人一旦被追，生物本能就會被激發，一不小心就會從隨便玩玩變成認真模式。

萊特被追到一半時翻過路邊的石牆跑了，不知道柯羅還在掙扎著攀爬石牆，他轉身晃進曲曲折折的小巷弄內，然後藏身在巷弄間等著柯羅追上，準備嚇他一跳。

「嘿。」這時一個像貓一樣的叫聲嚇了萊特一跳。

沿著小巷弄往上看去，窄窄的石頭階梯一路向上，兩邊的牆太高，陽光照不進來，完全看不見階梯會通向哪裡，最遠處只有一片黑暗。

「嘿。」那聲音又再度出現。

萊特瞇著眼，試圖從一片黑暗中看出什麼。

喀答喀答的聲音傳來，像牛蹄叩在階梯上的聲響，一個影子慢慢從階梯上移動下來。

「嘿，需要享樂嗎？」那像貓一樣的聲音又說，當對方靠近萊特時，萊特才發現發出喀答聲響的不是牛蹄，而是一雙高跟鞋。

「呃，我想我……」萊特本想拒絕，他們這陣子在太多神祕的小巷弄裡收了太多「不太合法、讓人臉紅紅」的邀請函，他以為又是那種廣告。

然而當萊特看到來人露出的臉時，他馬上改變了說法：「非常需要。」

來人是位年輕貌美的少女，脣紅齒白，頭髮黑得發亮，就跟她的雙瞳一樣，而她光滑的臉蛋上有個小小傷痕，似曾相識。

「非常好，祝你好運。」少女微笑，全黑的雙瞳讓她看上去像尊大型娃娃，毫無情感可言。她向萊特遞了一張邀請函。

萊特接過邀請函，邀請函是一張白紙，上面印著一隻紅蠍子的浮水印和一句話……不，不只是一句話，紙上並沒有如絲蘭所說的寫著「也許你夠幸運」，也沒有寫著時間和地點，萊特只看到幾行字淡淡地浮了上來——

幸運的傢伙，

明晚我們在月亮下見，

跟著我美麗的男孩和女孩，

往下走，往下走，再往下走。

別跟丟了。

萊特歪頭，一眨眼的工夫，邀請函在他手上碎成一堆白雪，而這時才姍姍來遲的柯羅狼狽地從不遠處爬上階梯來揍他。

「你這該死的王八——」

「我收到邀請了！」

萊特接住柯羅的拳頭，一臉驚奇地指著地上的一堆碎屑。

「蛤？」不明就裡的柯羅現在很確信萊特的熱可可裡絕對被加了什麼。

「黑瞳少女送來了邀請！」萊特指著階梯上方。

柯羅打了聲響指，白光一閃，樓梯上什麼都沒有。

「嘖！」

貓先生眉頭堆疊，他已經找出他所能找到的、最好的西裝給他的紅毛老鼠，但最終的成果依舊讓人搖頭嘆息。

「你看過穿著鞋的吉娃娃嗎？」榭汀對著丹鹿說，「你看起來就像那樣。」

「你自己又好到哪裡去，你看起來就像隻穿著衣服的昂貴波斯貓，華貴又優雅……」可、可惡，這甚至不是嘲諷！氣呼呼地指著榭汀大罵的丹鹿含淚敗下陣來。

男巫們天生就是穿西裝的料。

丹鹿賭氣地撇過頭，他也不願意穿著完全不合身的東西四處亂跑，但絲蘭說過，如果他們想混進巫魔會，最好不要明目張膽地穿著教士的白色制服。

丹鹿嫌惡地甩了甩腳，皮鞋他穿不慣，一旁西裝筆挺的萊特看起來倒是輕鬆自在。他們一行人漫無目的地在靈郡的市區小巷弄內穿梭著，而萊特則從容地走在最前方帶領眾人，好像他知道接下來的目的地一樣。

「你確定你收到的巫魔會邀請是真的？」丹鹿拉低西裝大衣的帽兜，想盡量別引人注目。

好在十二月分傳統上是舉行巫魔會的大月，許多酒吧和俱樂部都會打著慶祝巫魔會的噱頭做宣傳，路上一堆打扮成男巫和女巫的普通人，相較之下，有著兩位真男巫的他們一行人反而不是特別顯眼。

「我發誓。」萊特舉著三根指頭。

「但你說沒看到時間和地點。」

「我沒看到時間和地點，我只看到了暗示。」萊特複誦自己看到的東西，「幸運的傢伙，明晚我們在月亮下見，跟著我美麗的男孩和女孩，往下走，往下走，再往下走。別跟丟了。」

「所以那到底是什麼意思？」

「我不知道，但跟著我走應該不會有問題，雖然我也不是很清楚自己要往哪裡去。」萊特這話倒是說得很有自信，引來丹鹿一陣瞪視。

萊特習慣性地回頭，看了眼他的男巫有沒有跟上。

柯羅一個人落單在最後方，四處張望著，萊特注意到他會觀察每個經過、打扮得和自己相似的路人。

柯羅有心事。萊特想，他會不會是在尋找「某人」的身影？這讓他口袋裡的黑色烏鴉雕像變成了他心裡一根小小的刺。萊特心不在焉地走著，直到丹鹿拉住他。

「萊特，借一步說話……」丹鹿拉著萊特，刻意和榭汀及柯羅都保持了點距離，讓對話能保留在他們教士之間，「你聽我說，芮愛的妹妹說她看到了可怕的大角先生的『朋友』，對方的裝扮就像榭汀一樣，這表示真的有個流浪男巫存在。」

「嗯，看來是這樣沒錯，怎麼了嗎？」萊特困惑地看向丹鹿。

「這表示我們現在要去抓一個男巫，並且把他送到教廷接受異端裁判，有必要可能還必須在現場處決他。」丹鹿問，「你有意識到事情的嚴重性嗎？」

萊特愣在原地，他還沒想這麼多，但丹鹿說得有道理，他們或許必須面對他們第一次的男巫獵殺。雖然他們一直都在接受類似的訓練，但實戰可是第一次。

「如果到時候真的遇到了，我希望我們還是能以獅派的守則為主，捕捉優先，讓教廷去審判。」萊特說。

鷹派的準則是只要他們覺得有危險，獵殺優先。

「當然，我同意。」丹鹿點點頭，他和萊特談這些，就是想取得共識。

萊特還想說什麼，視線卻被丹鹿肩膀上的東西吸引了。

一隻八足細瘦，肚子肥大的蜘蛛停留在丹鹿的肩膀上，似乎想引起他們的注意似地不停地繞著八字。

萊特下意識地伸出食指，把牠從丹鹿的肩膀上接了過來。丹鹿哇的一聲退了一步。

「是絲蘭的蜘蛛。」萊特和丹鹿面面相覷。

絲蘭曾經說過，有第一手的消息會通知他們。

小蜘蛛磨蹭著，忽然就在萊特手上猛吐了幾口絲，將他的手指圈了起來，接著像是要牽著萊特離開似地，從他手指上跳開來，蜘蛛絲像牽繩一樣長長地落在空中（順帶一提，這行為既噁心卻又有點可愛）。

「快跟上！牠有線索！」一反應過來，萊特和丹鹿就開始跟著小蜘蛛跑。

紫色的小蜘蛛跳上了路人肩膀，一路搭著順風車前進，一旦要換方向牠就會跳到別人身上，在人群間轉換。要是發現萊特他們沒跟上，牠還會稍微逗留等待他們（這同樣兼具著可愛和噁心的特質）。

小蜘蛛引著他們一路來到了人來人往的靈郡大街上，萊特他們跑個不停，直到牠停留在某位駐街少女的肩膀上。

下雪的冬日黃昏氣溫驟降，少女卻只穿著露肩的馬甲洋裝。

就在萊特他們等著蜘蛛再跳到另一個人肩上時，啪答一聲，少女一掌狠狠地拍死了肩上的蜘蛛。

萊特和丹鹿倒抽了口氣，不可置信地看著少女肩膀上的一坨汁液，還沒能為可愛又噁心的小蜘蛛哀悼，殺死小蜘蛛的少女便轉過頭，對著萊特和丹鹿笑了。

年輕美麗的黑髮少女笑露了一口牙齒，她完全沒有眼白，黑漆漆的雙眸微微彎著。

「我昨天也遇過一樣的少女！」萊特指著少女說。

「同一個人？」丹鹿看著少女的雙眼，黑溜溜的大眼讓他起了一陣雞皮疙瘩。

「不是，但她們的眼睛是相同的，而且身上都有和芮愛一樣的印記。」萊特比著自己的右頸，丹鹿順勢看過去，少女右頸上確實有個小小的、像吻痕一樣的傷痕。

「嘿。」少女發出了貓一般的叫聲，她對著萊特說，「你來了，你很幸運。想要享樂嗎？跟著我來，別跟丟了。」

語畢，少女並沒有為萊特他們停留腳步，而是踩著她的高跟鞋快步向前走著，然後隨著人潮，一起走下了路邊通往地下鐵的樓梯。

萊特和丹鹿互看一眼，忽然理解了什麼，看著黑瞳少女往下走，他們意識到眼前的場景不正是——跟著我美麗的男孩和女孩，往下走，往下走，再往下走？

「快跟上！」在黑瞳少女消失前，萊特和丹鹿匆匆忙忙地跟了下去。

狀況急迫，教士們努力跟著他們的線索，卻忘了一件很重要的事——

榭汀和柯羅冷著臉並肩站在大街上，路上的行人走過去都會看他們一眼。

「你的教士呢？」榭汀冷諷道。

「你的又去哪了？」柯羅哼的一聲冷諷回去。

幾分鐘前，完全沒考慮到不擅長體力活的兩位男巫，教士忽然自顧自地喊著「快跟上！」就像兩顆小子彈一樣衝了出去，他們在人群裡奔跑，一下子就不見蹤影。

榭汀和柯羅被留在原地，他們看著幾個牽著橫衝直撞的小狗走過去的狗主人……

「真該牽條繩子的。」榭汀說。

「真該牽條繩子的。」柯羅說。

同時發話的男巫們互看一眼，榭汀快狠準地伸出食指往柯羅鼻尖上戳了一下，「祝我好運！」

「你每次都這樣！」柯羅拍開對方的手，手指想戳回去，但被榭汀閃開了。

「是你動作太慢。」貓先生狡詐地笑了笑，「從以前就是這樣。」

「那是以前……」柯羅話正要說下去又突然停了，他的沉默為兩人帶來一陣尷尬的氣氛。

柯羅撇過臉去，假裝剛剛的事沒發生。

「現在呢？我們該怎麼辦？」柯羅拿出手機撥通萊特的電話，平常大概會一秒接起來的人沒有回應。

榭汀撓了撓自己的下巴，從容不迫，「別擔心，我有辦法。」

「什麼？」

「我說我在丹鹿身體裡植了晶片，你相信嗎？」榭汀說，這話聽起來似真似假。

萊特和丹鹿一路跟著少女下了地下鐵，少女的步伐很快，在人群裡要指出她就像在玩「尋找威利」的遊戲一樣。

靈郡的地下鐵很深，下了一層還有一層。

萊特和丹鹿突破重重人群，好不容易接近少女，卻看到她接近另一個人身邊，伸手拍了對方一下，人就停在原地不動了。

萊特他們擠到少女身邊，以為被領到目的地了，但少女只是站在其中一根簡陋的柱子下，像面壁思過一樣地瞪著牆看。

「小姐……」萊特伸手扳過對方，少女卻眼神迷離地看著他。

「她的眼睛……」丹鹿和萊特都注意到少女的眼睛已經恢復正常了，她的眼白分明，瞳孔是藍色的。

「請問有什麼事嗎？」少女看著他們，面色呆滯。

「小姐，妳……」丹鹿還沒質問什麼，身旁的萊特又拉著他叫他往旁邊看。

剛剛被少女拍了肩膀的人已經走遠，但他回頭看了萊特和丹鹿一眼，那是位貌美的少年，他對他們露齒微笑，瞳孔全黑，鎖骨處有個小小的傷痕。

萊特和丹鹿互看一眼，顧不得呆滯的少女，換個目標又追了上去。

黑瞳少年持續地往地鐵下走，像是在耍萊特和丹鹿一樣，他偶爾會直接搭上地鐵，在車廂中穿梭，讓萊特他們疲於奔命。

中間又換過一次人，每當這些黑瞳少女或少年拍了另一個人的肩膀，就會立刻換人領路。

在兜兜轉轉了不知道幾回後，等萊特和丹鹿意識過來，他們已經進到了一節空曠的車廂中，而車廂上少數的幾人全都是穿著西裝和洋裝的年輕男女。

仔細看的話，會發現他們全都有著一雙漆黑深邃的瞳孔，看不到眼白，這讓萊特和丹鹿看起來像是異類。

萊特他們剛進到這節車廂，地鐵正好到站，這些原本注視著他們的少年少女們立刻轉頭走下車去。

萊特和丹鹿面面相覷，只能默默跟上。地鐵內其他車廂的客人完全沒有注意到他們的存在，很快地，列車又開走了。

在光影微弱的隧道中，萊特感覺自己正沿著地下鐵道不斷往下走，像穿過重重無光的黑洞似地。

「柯羅，借點光……」萊特用手肘碰了碰隔壁的人，但對方毫無反應。

當萊特轉頭時，只看到一名黑瞳少年眼神空洞地站在原地，然後很快就走掉了。

萊特錯愕地看向身後的丹鹿，丹鹿則是錯愕地看向身後的……他身後沒有人。

「你的男巫呢？」萊特小聲地質問丹鹿。

「我才要問你！你的男巫呢？」丹鹿沒好氣地質問回去。

意識到彼此好像把男巫弄丟了，兩位教士在黑漆漆的地下鐵裡冷汗直冒。

「完蛋了，他們一定沒跟上，這下好了，我會被開除，回家我爸會打死我；你也會被開除，然後我爸還是會打死我。」丹鹿不停碎碎念著，拿出手機來看，完全沒有訊號。

「別緊張，現在也只能走一步算一步了，也許他們很快就能找到我們，他們可是神奇的男巫！」異常樂觀的萊特拍了拍丹鹿的肩膀，繼續跟著人潮走。

終於，他們步行了一陣子後，來到了盡頭的另一端，那一端看起來是個完全不同的地方。

萊特和丹鹿目瞪口呆。

他們來到的地方天花板挑得很高，最上頭有個巨大且充滿坑洞的假月球，月球照下了暗紅色的燈光，而燈光下則是一群正在隨著音樂起舞的假男巫女巫們。

「明晚我們月亮下見」原來指的是這個。

一座黑色的巨牛銅像很諷刺地放在舞池中央，它的屁股上都是口紅唇印，幾個假女巫們正瘋狂親吻著它的屁股。

這就是真正的巫魔會？

萊特和丹鹿沒來過這種地方，有點萌生撤退意思的他們從震驚中一回神，轉過頭卻發現前來時的隧道竟不知何時變成了一面紅色的牆。毫無退路。

萊特和丹鹿用力地吞了口唾沫，只能硬著頭皮擠入這群正在熱舞的假男巫與假女巫中，他們每個人都有一雙全黑的眼瞳，看上去既興奮又狂熱。

萊特在震耳欲聾的音樂聲中對著丹鹿吼。

「我們應該先找出針蠍。」

「你知道針蠍長什麼樣子嗎？」

「不太清楚！」

「啊啊啊啊啊——我要被開除了！」

他們不知不覺地開始被人群推著走，人流將他們往某個方向推擠，在讓人頭暈目眩的閃光燈下，萊特他們一路被擠到了舞池旁的吧檯區。

奇怪的是，舞池擠得跟沙丁魚似的，卻沒有人靠近吧檯區，彷彿刻意空出這個場所。

萊特抬頭，他注意到吧檯區後方的高大酒櫃上陳列著稀奇古怪、五顏六色的酒瓶，大部分的瓶子裡都裝著一隻紅蠍子，沒人知道那嘗起來會是什麼味道。

丹鹿仍在察看他的手機訊號，這時候身邊如果有榭汀或柯羅，他們應該比較能了解現況。

「不行，聯絡不上，都怪你，把你的男巫弄丟了！」

「鹿學長還好意思說我……」

教士們互相責怪著，直到一道聲音打斷了他們的對話。

「請問你們兩位有什麼問題嗎？」

萊特和丹鹿一轉頭，他們身邊不知何時坐了位面色不善、聲音低沉的女士。

女人穿著細跟的深紅色高跟鞋，一襲剪裁合身的酒紅色女版西裝。她一頭筆直的深紅色長髮落在肩上，瀏海雖然半掩住她的臉，卻掩不住她豔麗的姿色。

「我、我們想找巫魔會的主人。」丹鹿硬著頭皮道。

教士不太會應付美麗的女士。

「要幹什麼？」女人的臉上帶著濃烈的妝容，深邃的眼影和深紅色的唇膏，濃豔卻異常適合她稜角分明的臉。

萊特被她右耳上垂掛的大串耳環吸引住了，銀製的耳環像隻大蠍子，蠍尾成了耳針，牢牢地釘在她飽滿的耳垂上。

亮晶晶的，柯羅大概會喜歡。

女人上下打量著萊特和丹鹿，她的瞳孔黑而深邃，與眼白黑白分明，看上去凌厲又高傲。

「我們有點事想找他們商量。」丹鹿乾咳了兩聲。

對方的眼睛不是全黑的。萊特心想。

女人玩著她放在吧檯上的高腳杯，一手撐著下巴，塗成深紅色的指甲輕輕地在臉上打著，雙眼依然緊盯著萊特和丹鹿不放。

「在我告訴你們答案前，你們應該先告訴我你們是誰吧？」女人這麼說著，她起身，高度一下子壓過了丹鹿。

這時萊特他們發現自己誤會了什麼。

盯著「她」平坦的胸、突出的喉結和寬厚的肩膀，本以為是個「女人」的人——

原來對方並非女士，而是位先生。

「如果我猜得沒錯，你們是教廷的人吧？」那位高上丹鹿許多、帶著強烈壓迫感的長髮男人質問。

為什麼他們的身分這麼快就暴露了？萊特和丹鹿一愣，一時答不上話來，因為不知何時，周遭吵雜的音樂停頓，原本在舞池中熱舞的人們則是齊齊轉過頭瞪著他們，他們瞳仁全黑，看起來像棲息在暗處的凶猛動物一樣。

整個巫魔會變得很安靜，只有遠處傳來一點小小的騷動，看起來有人正試圖撥開人群靠近他們。

等不到答案，男人挑高眉頭，看了眼不遠處發生的小小騷動後，他笑出聲來，忽然間朝毫無防備的丹鹿伸手，迅速又暴力地按住丹鹿的後腦勺，張嘴一口往對方的嘴脣旁邊咬下。

「呀啊啊啊啊——」萊特叫得比當事人丹鹿還大聲。

丹鹿感覺到痛，正反應過來要出拳揍對方時，某個重物從他腳下竄上來，沿著他的腿往上爬，並帶著凶猛又令人毛骨悚然的嘶叫聲，張牙舞爪地準備攻擊男人。

一隻巨大的白貓唐突地蹦了出來，牠撲向男人，卻被男人一手掐住後頸的皮毛，毫不留情地甩了出去。

男人舔舔嘴脣，眼明手快地又要朝一旁的萊特下手時，一道閃電似的光從萊特身後竄出，打在男人身上。

閃電在男人體內竄開，把男人柔順的長髮給電起了毛躁，但男人絲毫不為所動，反而嘲弄似地大笑起來。

「萊特！」

一隻手從萊特後方竄出來抓住他，他往後一看，竟是氣喘吁吁的柯羅。

「柯羅！你找到我們了！」萊特還沒能多說什麼，對方忽然一掌掐到他臉上，仔仔細細地把他翻看了一遍。

「我沒事。」萊特搖頭，「被咬的是鹿學長！」

「老鼠！」榭汀這才從人群裡竄出，柔順的藍髮都亂了，他一把拉住丹鹿的後領將他拉離危險人物身邊。

「我被咬了一口！」丹鹿驚慌地往臉上抹著，被咬到的地方很痛，還癢癢的。

榭汀急忙扳著丹鹿的臉檢查，替他將臉上的口紅印抹掉後，意外發現丹鹿的傷口正在泛黑，泛黑部分很快順著臉皮的微血管消散進皮膚裡，最後只在丹鹿的臉頰上留下小小、淺淺的痕跡。

「你對他做了什麼？那不是普通的咬痕！」榭汀看上去氣炸了，他瞪向一旁好整以暇地順著頭髮的男人，咄咄逼人地走向前。

男人絲毫沒被榭汀的氣勢嚇到，他愜意地倚在吧檯上。

「一見面就怒氣沖沖的，不先敘個舊嗎？我們都超過十年沒見了，小狩貓……」長髮男人先是對著榭汀說，接著又將焦點轉移到柯羅身上，「還有旁邊那個，最像媽媽的小夜鴉。」

男人的點名，讓柯羅渾身緊繃起來，這時榭汀似乎想起了什麼，他眯著眼，毫不客氣地指著對方說：「我記得你，但我不確定你是哪個，冥蠍賽勒或獄蠍朱諾？」

「我們現在都是針蠍。」在長髮男人答話前，另一個短髮的男人從吧檯後方走了出來。

眼前的兩個陌生男人長得一模一樣，都有著一頭紅髮，只是另一方短髮精悍、臉上也沒畫著濃妝，五官英挺俊秀。此外，他們的打扮風格也相當迥異，短髮男人穿著正式的男士西裝、腳踩精緻的雕花皮鞋。

「小傢伙的母親殺了我們的母親，所以我們必須繼承母親的頭銜，記得嗎？」短髮的男人指著柯羅，用稀鬆平常的語氣提起了禁忌的大女巫事件。

「她沒有做這種事！」柯羅吼道，散發著紅光的假月球一下子發出了刺眼的光芒。

萊特將手按在柯羅的肩膀輕輕捏了一下，示意他放鬆，對方瞪了他一眼，讓人不舒服的紅光才漸漸暗下。

「隨你說吧，極鴉家的人總愛逃避現實。」短髮男人說，他看起來絲毫不在意。

「你們到底誰是誰！」榭汀要生氣了。

「我是針蠍賽勒。」短髮男人迎著榭汀的目光，毫不避諱。

「我是針蠍朱諾。」長髮男人也說，他笑眯了眼，黑漆漆的眸子盯著丹鹿和萊特看。

萊特和丹鹿的頸子上起了雞皮疙瘩，但丹鹿起雞皮疙瘩是因為那隻被丟出去的白貓安然無恙地跑了回來，正在他腳邊狂蹭。

「兩位教廷的男巫帶著教士們混進巫魔會，請問有何貴幹？你們想進行一場大型的女巫獵殺嗎？」賽勒──短髮的針鱗問。

「你們早就知道我們要來了？」榭汀雙手扠起腰來。

「當然，兩天前我們就發現臭蜘蛛在蒐集我們的情報了，所以我們乾脆和他進行了點交易，用情報跟他換取情報，讓他告訴我們他要我們的情報做什麼。」朱諾──長髮的針鱗回答。

「他事先提醒我們，我們可能會有訪客出現。」賽勒說。

被絲蘭擺了一道！榭汀的臉色一沉，他轉頭環視四周的人群，「難怪一個流浪巫族都沒看到，這只是個假巫魔會，是陷阱！只是想引誘我們來嗎？」

「絲蘭說是你們在找我們，我們就想，乾脆將計就計，把你們邀來，看看你們想做什麼囉！」朱諾笑道，「好奇心殺死一位男巫，你沒聽過這句話嗎？」

「這句話不適用在這裡，朱諾。」賽勒說。

「隨便啦！」

「無所謂，我們本來的用意也不是要來參加巫魔會，只是要找到你們。」柯羅打斷他們的對話。

針蠍們同時停下對話，他們看著柯羅，齊齊站上前，氣勢凌人。

「那麼，問題來了——你們究竟想做什麼？」

CHAPTER 7

合宿

「那麼，問題來了——你們究竟想做什麼？」

針蠍家的雙子一站上前，那些圍繞著他們的人群也站上前來，將萊特他們團團包圍。

「別這樣威脅我，我不喜歡受到威脅。」毫無畏懼，柯羅瞪著眼站了出去。

這回榭汀並沒像往常一樣說幾句嘲弄的話潑他冷水，相反地，他也站上前，看起來和柯羅站在同一陣線。

「喔，不然呢？要叫出你們肚子裡的東西嗎？」雙子並沒有退讓。

「要試試嗎？這傢伙肚子裡的東西可是會把你們吃得連骨頭都不剩喔。」榭汀也沒退讓，他瞪大金色的貓瞳。

「你認為我們肚子裡的東西會讓我們被乖乖吃掉嗎？」

眼看著事態越來越嚴重，丹鹿正要站出去進行「制止、隔離、化解衝突」的SOP，萊特卻先一步站了出去。

「慢著、慢著！別為了我打架！」萊特喊著，活像個八點檔的女主角。

男巫們紛紛皺起眉頭，看著自顧自夾在他們中間的金髮教士，針蠍們困惑地往後退去——因為這教士感覺起來很怪。

「聽我解釋，我們這次來只是為了調查案件，沒有惡意，我們認為你們或許能提供一些線索！」萊特有耐心地勸說著，像是在勸和一群打架的野貓。

「我們現在可不為教廷做事，為什麼要幫你們？」針蠍們說，他們不再劍拔弩張，因為萊特實在太破壞氣氛了。

賽勒退回吧檯後方，替兄弟朱諾倒了杯綠寶石般清澈的酒，酒裡有像水蛭一樣竄動的黑色液體。隨後他打了個響指，舞池中央的人群又開始跳舞，沒有音樂，他們憑空對著月亮起舞，看起來很是詭異。

「最近靈郡有幾起案子很奇怪，受害者的屍體都在離失蹤地幾百哩遠的地方被發現，地點差異很大，腹部除了有使魔爬行的痕跡外，體內還有燒灼的現象，心臟也都被吃掉了。我們調查之後認為可能有個流浪男巫，正帶著他有異食人類心臟癖好的使魔在靈郡裡面閒晃，隨機尋找受害者。」丹鹿也試著說服針蠍們，他不停撓著被咬傷的臉，傷口熱了起來。

「所以呢？」朱諾的態度冷漠又不耐煩，他一口氣乾掉那杯怪酒，又往吧檯上敲了敲，讓他的兄弟給他添上第二杯，「難不成你們認為是我們做的？」

「紳士們，你們會不會找錯地方了？會讓自己的使魔胡亂吃那些垃圾，這男巫要不是巫力太弱小，控制不了自己的使魔，要不就是個心理變態。」賽勒很不客氣地說著，「我們雖然離開教廷了，但依然是女巫名門，不會幹這種無聊的事。」

朱諾在這時看向柯羅，眼裡帶著滿滿的惡意。

「真要找，你們不如去找小夜鴉的哥哥，他感覺起來很像是會幹這種事的人……不知道他返回靈郡了沒？」

柯羅瞬間僵住，地板開始微微震動起來。針蠍們一直在處處針對他，想把他激怒似地。

這時，萊特用小指頭勾住了柯羅的小指頭。

柯羅看向萊特，萊特對他搖了搖頭

「別離題，我們會來這裡自然有我們的道裡，先聽我把話說完，巫魔會是流浪巫族最大的聚集地……」大概也注意到針蠍們的舉動，丹鹿再度跳出來說話，他一個小矮個兒很有男子氣概地擋在柯羅前面。

「所以？靈郡的流浪巫族這麼多，怎麼能確定他們參加過巫魔會？你還是不能說服我們。」賽勒態度很不客氣地打斷丹鹿。

「就算真的是我們的貴賓做的，他們想幹什麼，和我們又有什麼關係呢？」朱諾接話。

「因為受害者們都宣稱他們參加過你們舉行的巫魔會。」丹鹿說。

「這不能證明什麼，很多人都宣稱他們參加過真正的巫魔會，但大部分是假的，你們現在參加的也是。」賽勒又說，他的手指在桌上敲了兩下。

丹鹿腦袋一熱，一時竟說不出話來。

萊特則是忽然想起了什麼，他從口袋裡拿出幾張受害者的相片，放到吧檯桌上。

「我們有證據，受害者們身上都有個一模一樣、小小的傷痕，這個傷痕我在你們派出的黑瞳少年和少女們身上都有看到。」萊特指著照片。

賽勒和朱諾看了眼桌上的照片，兩個人的神情一下子變了，賽勒甚至停下替朱諾倒酒的動作，和朱諾仔細地攤開這些照片觀察。

針蠍們對視著，他們同時開口說話。

「朱諾，是你的寵物們。」

「賽勒，是我的寵物們。」

這不知道能不能說服針蠍們。萊特小心翼翼地等待著答案。

「這和你有關嗎？」

「這和你有關嗎？」

他們持續同步著。

「不，想也知道不可能。」

「不，想也知道不可能。」

賽勒和朱諾依然對視著，遲遲沒有定論。

「受害者確實都是你們的『寵物』，對嗎？」萊特又問。

朱諾瞪了眼萊特，依然滿臉冷淡，「我才不在乎寵物們，離開這裡，他們就與我無關了。」

但賽勒似乎不這麼想，他瞪著他的兄弟，「朱諾，不管寵物們是不是離開這裡才遇害，他們都是來自我們這裡，這表示有個傢伙參加了巫魔會，還把巫魔會當成飼料店，從我們這裡挑選寵物去獻祭他的使魔！」

「所以呢？寵物再找就有，難不成你要幫教廷？」朱諾依然反對。

「我們懷疑，對方甚至打著你們的名號誘拐那些寵物——受害者們曾經說過，男巫們很快地會再帶他們來參加巫魔會，讓他們成為女巫的一員。」榭汀繼續搧風點火。

針蠍們雙雙瞪了萊特和榭汀一眼，接著他們對視，一方顯然動搖了，一方仍是滿不在乎，在一陣僵持之後，朱諾說：「不然這樣，我們依照老方法，玩個遊戲決定。」

賽勒瞇起眼，靜默了一陣子後，他點點頭，「同意。」

「那好，我選救不回。」朱諾微笑。

「我選救回。」賽勒說。

他們持續說著外界參不透的對話，但似乎達成了某種共識。

這時賽勒轉過頭，宣布他們的結論：「我們將會給你們一個機會。」

「什麼機會？」萊特問。

「我們來玩個遊戲，如果你們能完好無缺地救回你們的朋友，我們就願意提供協助，幫忙你們找出那個偷心臟的傢伙。」朱諾說。

「但如果你們救不回，就必須自己想辦法了。」賽勒用指頭敲了兩下桌面。

「什麼意思？」萊特一臉困惑地望著針鱖家的雙子，直到柯羅緊緊抓住他。

「是針鱖家的巫術！他們對我們其中的誰下了巫術！」柯羅的話甫出口，他們紛紛看向被朱諾咬了一口的丹鹿。

丹鹿站在原地，臉上傷口已經凝聚成小小的傷痕，他的雙瞳染成了黑色，沒有眼白，就和那些在舞池中熱舞的少年少女們一樣。

這下他們終於知道針蠍對鹿學長做了什麼。

榭汀真的氣炸了，貓先生整個人瞪大雙眼、不計形象地對著蠍雙子吼道：

「把你們的巫術給我收回去！」

「針蠍給出去的吻是不會收回的。」朱諾卻一臉挑釁。

「別衝著我們發火，你們現在應該沒有那個閒功夫吵架吧？」賽勒也絲毫不為所動，他看著丹鹿，又敲了兩下桌子。

「親愛的寵物，快跑！快跑！別讓他們抓到了！」

「親愛的寵物，快跑！快跑！別讓他們抓到了！」

賽勒和朱諾的話一出口，丹鹿像顆小子彈似地，轉身衝了出去。

「鹿學長！」萊特來不及抓回丹鹿。

「你們最好趕快把他追回來，我們可不知道他會跑去哪裡。」賽勒和朱諾靠在吧檯上，喝著他們的酒，眼底滿滿的都是戲謔的惡意。

萊特他們從巫魔會追出去時，一開正門，發現他們竟然已經不在地鐵之下了。原本應該是陰暗隧道的地方，已經變成熱鬧的靈郡大街。

當萊特向後望，巫魔會原本的所在之處轉眼變成了一間普通的酒吧。

丹鹿一路跑進人群之中，速度很快，穿越人群後他甚至直接跑到了馬路上。

「清醒！丹鹿！」

在後方追著的榭汀拍著手掌喊道，可是一點用也沒有，丹鹿依然一頭熱地往前跑。

「鹿學長！」萊特跟著跑到大馬路上，匆忙抬手向那些幾乎要衝撞上丹鹿的汽車示意停下。

喇叭聲四起，萊特讓丹鹿驚險地躲過了被輾成肉醬的危險，但丹鹿依舊不停地向前狂奔，一路奔進陰暗的小巷弄之中。

當萊特他們離開巫魔會時，天色已經又暗了一圈，跑進巷弄裡的丹鹿幾乎不見人影。

柯羅先萊特一步追了上去，他打響了手指讓亮光充滿巷弄之間，榭汀派出的那隻白貓也跟在丹鹿身後，柯羅一路追著白貓的屁股跑，聽著牠喵喵叫的聲音辨識方向。

丹鹿鑽進了某棟廢棄的塔樓之中，當他沿著塔樓一路往上爬的時候，萊特在柯羅後方喊道：「我覺得這不太妙！」

「你們最好趕快把他給我抓回來！」落在最後頭的榭汀吼著。

「閉上你的貓嘴！這麼厲害你跑快一點啊！」柯羅回嘴。他們在層層旋轉樓梯上盡全力追逐著丹鹿來到塔頂。

當丹鹿毫不猶豫地衝出門時，柯羅和萊特心裡一驚，兩人當下立刻跟著衝出門。映入眼簾，門外是沒有柵欄的斷垣殘壁，而站在塔頂邊緣的丹鹿只是轉頭對著他們笑了一下後，整個人就縱身往下跳。

「等等！」

「柯羅！」

柯羅撲上去抓住了丹鹿的大衣衣襬，卻被丹鹿落下的重量往下帶，兩個人一起摔了出去，直到萊特跟著撲上前，從後面緊緊抓住柯羅的腳為止。

三個人懸掛在塔頂，死死抓著對方不放，萊特花了好一番功夫才將兩個人慢慢拖回塔頂。

他們癱在滿是泥灰的地板上，驚魂未定，心臟都快跳出喉嚨了，而這時才爬上來的榭汀還氣喘吁吁地靠在門邊詢問：「你、你們……抓到了沒？」

萊特和柯羅壓在丹鹿身上，兩人一臉慘白地瞪著榭汀，只有丹鹿好像還沒自己的事般地從他們之中坐起身來。

「做得很好，紳士們，你們成功救回你們的同伴了。」丹鹿張著他那漆黑的雙眼，像傳聲筒似地宣布，「按照針蠍們所承諾過的，針蠍們將會提供你們協助。」

「在這之前，先把你們的吻收回！」氣息還很紊亂的榭汀對丹鹿吼道。

「不，這辦不到，針蠍們的吻是永恆的，我現在是針蠍家的寵物啦！」丹鹿指著自己宣布。

「他不是你們家的寵物！」榭汀氣壞了。

丹鹿沒有理會榭汀，他繼續傳達訊息：「寵物將會指引你們方向，不用特地來找針蠍們，針蠍們會用寵物與你們聯繫……千萬不要試圖除去寵物身上的吻，你們會需要寵物的。」

「慢著——」萊特試圖問得更清楚一點，但針蠍們不讓他有這個機會。

「那麼晚安了，先生們，請靜候我們的消息。」語畢，丹鹿用力地拍了下手掌，那聲音大到他自己都嚇了一跳。

丹鹿眼睛一閉，再張開時，他的瞳孔已經恢復正常，眼白和綠眼珠都清楚可見。

「鹿學長？」萊特試驗性地喊了聲。

「幹嘛？我們在這裡做什麼？巫魔會呢？」丹鹿不明就裡地四處張望，絲毫不能理解他們為什麼正站在塔樓上，而且柯羅這傢伙竟然緊緊抓著他的衣服下襬不知道在做什麼。

呃，一直追著他的白貓也扒在他的褲子上。

「我想已經沒事了，你可以放開鹿學長了，謝謝你啊，不然他差點就沒了。」萊特一臉放心地拍了拍柯羅的腦袋。

「我剛剛差點就死了耶！這種時候你可不可以不要也這麼煩！」柯羅放開丹鹿，空出的雙手拿去對抗要給他愛的抱抱的萊特。

「到底發生了什麼事？」丹鹿一頭霧水地搔了搔臉頰，蠍子的印記凝聚在他的臉上。

榭汀瞇起眼，很不高興地用力捏住丹鹿的臉。

「痛、痛死了！你做什麼？」

「如果能像蛇毒一樣吸出來就好了。」榭汀碎念，一邊猛扯著丹鹿的臉皮。

「鹿學長不會一輩子這樣吧？」萊特抱著柯羅很擔心地問。

榭汀嘆息，他搖了搖頭，「不用擔心，我知道有人或許能解決這件事，但在解決之前，我們是不是應該先討論一下怎麼處理眼前的事？」

「這東西會一直跟著我？」丹鹿坐在萊特的辦公椅上給榭汀檢查他臉上的傷痕。

「很遺憾，看來是的。」榭汀說，「我查過一些關於針蠍家的記載，針蠍們擅長下毒，他咬你的時候等於螫了你一口，毒素已經跑進你體內。據說蠍毒會侵蝕你所有的內臟，永久占據你的身體，所以很難除去。」

「我會死嗎？」丹鹿心驚肉跳。

「也許喔。」坐在自己辦公桌上的柯羅說。

「柯羅！」萊特用手肘撞了下柯羅。

「幹嘛？那是針蠍家的巫術，和銜蛇家的巫術很像，他們本來就以毒害聞名！」柯羅不以為意地翻了翻白眼。

在歷經了巫魔會和昨晚一夜狂奔的洗禮後，一行人暫時回到了黑萊塔內。

不知道是不是中了蠍毒的關係，丹鹿竟然無法忍受太過明亮的地方，榭汀的辦公室他一時待不住，被迫來到了柯羅那陰森森、黑漆漆，動不動就報鐘的辦公室內。

「別聽那烏鴉嘴胡說，我猜這巫術不會毒死你，只是會控制你。」榭汀瞪了柯羅一眼，然後繼續檢查丹鹿的眼睛，「昨天晚上你被控制的時候發生了什麼事？感覺如何？」

「我其實記不太清楚，只知道和我們在巫魔會上問話問到一半，我的腦袋忽然開始發熱，周遭一切都輕飄飄的，畫面在旋轉，還有，我的心情很好。」丹鹿回憶著，「但接下來有人不停地跟我說我必須趕快跑，往高處跑。」

「所以你就跑了？」

「因為我看到了有四隻貓在追我！黑的、金的、藍的、白的！」丹鹿指證歷歷。

「有一隻確實是貓沒錯。」榭汀說。

「是吧！那隻貓昨晚還跟我回了黑萊塔，一直要往我身上爬！」

「因為牠是我的，牠想跟你生小貓。」

「什麼？」

「牠想跟你生小貓。」

「我聽到了，我是在問你什麼意思！」丹鹿快抓狂了。

「不然你以為我和柯羅怎麼找到你們的？」榭汀挑眉，拍了拍丹鹿的臉，「白貓先生是我的信使，我請牠尋著你的味道去找你，恰好你身上現在都是貓草和母貓的味道，所以非常容易追蹤，只是味道似乎有點太強烈了……」

「為什麼我身上會有這些味道？」

「記得少去貓多的地方。」榭汀沒有正面回答。

「回答我的問題啊！」丹鹿崩潰地聞了聞自己，什麼也沒聞到，他伸手緊抓著榭汀的領子搖晃，「把那個味道給我去掉喔！去掉！」

「沒這麼快能去掉，你少喝點茶多喝水就好。」榭汀說，他轉頭對著萊特眨眼，意思是：我說過我有在練習追蹤吧？

萊特一臉不可思議地看著榭汀，忽然聯想起每次鹿學長喝的奇怪藍茶。長久以來的藍色熱茶之謎似乎有了解答。

「算了，先不管這個。」丹鹿絕望地癱在座位上，幾乎要啜泣起來，「反正你們的意思是只要我身上有蠍毒，他們隨時都有可能叫我去跳樓？」

「是的。」榭汀說。

「但因為我們需要他們的協助，所以我身上的蠍毒暫時不能處理？」丹鹿又問。

「沒錯，這也是針蠍們的意思。」榭汀點頭。

丹鹿扶著額頭，覺得世界像天塌了一樣，「但我們怎麼能相信他們？他們可是老早就離開教廷的男巫……再說，你們能確定這件事和他們無關？那可是他們自己的寵物。」

「不可能，如果要這麼做，為什麼挑在這個時機點出手？針蠍們都和教廷和平共處了這麼多年，他們沒違反白鴉協約的條款……至少，從沒有違反過嚴重的條款。」榭汀聳聳肩，「而且就如同針蠍們自己說的，會放任自己使魔胡亂吃人的男巫，只有兩種可能——巫力弱小的男巫，或心理變態的男巫。」

萊特看了柯羅一眼，對方雙手環胸，緊緊抱著自己，陷入沉思。

「好吧，所以我們現在也只能等了。」丹鹿嘆息，這種隨時會被操縱的感覺很不好，他問，「但要是我在這段時間又趁你們不注意的時候跑去跳樓怎麼辦？」

聞言，榭汀忽然看向柯羅，柯羅也看向榭汀。

幾分鐘後，丹鹿被繫上了狗繩。

萊特最大的美夢達成了，但卻是其他三個人惡夢的開始。

在針蠍們（或者該說丹鹿本身？）有動靜前，他們只能持續等待。

得知了丹鹿的特殊狀況後，大學長要求他們絕對不能讓丹鹿落單，而且最好先關在黑萊塔內觀察（因為他真的很不想寫報告）。

於是他們變成現在這個情況——大家克難地塞在柯羅的辦公室內加班兼過夜。和最好的朋友兼男巫們一起合宿，對萊特來說簡直是夢寐以求的一件事。

「我準備好了零食、水果、飲料和遊戲，有什麼需要都可以叫我！」萊特一雙眼睛亮晶晶的，裡頭的星星月亮太陽好像能被他眨出來一樣。

「熱茶，萊特，熱茶！」樹汀本來是不同意這件事的，他不睡便宜的旅館，當然也不睡陰森森、冷冰冰的小烏鴉巢。

不過為了讓貓先生乖乖留下，萊特把柯羅辦公室裡很久沒用的壁爐給點上柴火，還不知道從哪裡搬來了舒適的沙發床、帳幔和一堆柔軟的抱枕，並且空出了一個專屬的空間給貓先生（還順便幫他修了指甲）。

被伺候得像個中東石油大王的貓先生自然也沒這麼排斥了。

「你要熱茶自己不會自己去倒嗎！」盤腿坐在辦公桌前隨手翻閱著案件資料的柯羅瞪了樹汀一眼。

「吃醋了？」榭汀笑得曖昧，他考慮著要不要讓萊特伺候他吃葡萄。

「我才沒有！」柯羅氣得耳根子通紅，那個萊特卻還沒骨氣地持續替貓先生送上熱茶，然後捧著他喜歡的甜食走來要親手餵食他。

「來，張嘴……」

「喂！你煩死了！」

柯羅罵歸罵，但萊特把甜甜的小餅乾送進他嘴裡時，他倒是沒有拒絕。

榭汀看著這一幕，本來想說些什麼，但最後打消了念頭。他拉拉手上的狗繩，像個小媳婦一樣苦命地坐在一旁辦公桌上打著報告的某人馬上轉過頭來瞪他。

「幹什麼？」頸子上繫著狗項圈的丹鹿轉過頭來，面容就像鬼面具一樣可怕嚇人，「我警告你我現在心情很差，你現在要是敢再叫我撿你丟出去的木棍我真的會扁你。」

被操控就算了，一直有公貓對他發情就算了，要跟萊特和柯羅和榭汀這三個雷包關在一起過夜也算了，在大學長的要求下，被繫著狗繩的他現在居然還要寫報告交代為什麼會一時大意被針斆家的男巫下毒，他簡直……

運氣差到不能再差了！

「萊特一直都是這樣子嗎？」榭汀用只有他們兩個聽得到的音量問。

「又三八又雞婆又煩又任性嗎？是的。」丹鹿大力地敲著鍵盤。

「我是指對女巫和男巫們很狂熱這件事。」榭汀說。

「他沒逼你加入他的『女巫小知識達人L特(^ω^)』的推特嗎？」丹鹿停下手邊的工作，他轉過椅子來反問，「你問這些幹嘛？」

「我好奇。」榭汀聳肩，他又問：「什麼原因讓他對我們這麼狂熱？和他的父母有關嗎？萊特是哪個蕭伍德的孩子？」

丹鹿靠在桌邊，一語不發地看著榭汀。

「不想告訴我？」榭汀挑眉。

「除非你打算娶他，必須先做身家調查，不然這是他的私事，我不會隨便跟別人說。」

「跟我說也不行？」

「不行。」丹鹿的原則很簡單，「這是朋友的私事，就像你的私事我也不會隨便跟別人說。」

「我們不是朋友嗎？」

「我們是嗎？」

榭汀歪了歪腦袋，微笑著沒回答丹鹿，而是刻意又扯了扯狗繩。

差點被拉下椅子的丹鹿怒氣沖沖地抬起頭，沒衝過去痛扁榭汀，而是對著萊特喊道：「萊特！榭汀說想跟你玩一整晚！」

「真的嗎？」

榭汀看著萊特像大狗一樣飛奔過來。

好吧，他倒是沒料到這招。

因為萊特實在太煩了，深夜之後的榭汀很安分地在他的臨時小窩中休息，被他緊緊牽著、已經累癱的丹鹿也趴在辦公桌上熟睡。

以防萬一，興奮過度的萊特被留著守夜，所以他是唯一清醒的人……至少他本來是這麼以為的。

柯羅位於鐘塔頂樓的辦公室雖然老是陰森森的，但有個地方萊特很喜歡，就是牆面鑲著巨大時鐘的地方。不管室內有多陰暗，透明的時鐘窗面總會有光透進來，時鐘窗面延伸進來還有個巨大的圓形窗臺可以坐人，非常舒適。

萊特坐在窗臺上翻閱一本古書時，他注意到柯羅從陰影處慢慢地走了過來。

這時要安靜別說話，假裝沒有注意到他。這是萊特和柯羅相處下來歸納出的結論。

果然，柯羅走來之後慢慢地坐到他身邊，雖然仍然保持著一點距離。

「不睡一下嗎？」萊特直到這時才開口。

「我試了，但睡不著。」柯羅說，他縮在角落望著窗外。

難得今天黑萊塔外沒有被一片白霧給遮掩，往外看可以看到一片明亮的星空。

「需不需要我唱歌給你聽？」萊特準備要唱起歌來。

「才不要！難聽死了。」柯羅換了個姿勢，他躺在弧度彎彎的窗臺上，手指不停地在窗上摳著什麼。

萊特順勢望出去外面，幾顆星星的光芒消失了，是被柯羅摳下來的。

「你把它們藏去哪裡了？給我看看、給我看看！」萊特一臉驚奇地湊上前去。

「接住。」柯羅沒讓他靠近，將手裡的東西丟給他。

一把璀璨的點點星光被丟到萊特手上，光點像螢火蟲一樣，一閃一滅地飄散著，卻又像流沙一般不斷從他指縫間滑落。

萊特試著去接住所有的光，但那些漂亮的小星光一下就消失得無影無蹤。

「再給我一點！」原本失望地垂著頭的萊特，很快又一臉興奮地向柯羅討光源。

「沒有了啦！」柯羅最後往萊特臉上丟了一把星光，他默默地看著對方像隻追逐尾巴的狗一樣追逐著亮光。

在星光消失殆盡後，萊特才滿足地看向柯羅，輕聲詢問對方：「怎麼了嗎？是不是有什麼話想跟我說？」

柯羅盯著地板沉默了好一會兒，萊特也沒逼他，只是安靜地等著。

「我在擔心一件事。」好半晌，柯羅說話了，他的手緊緊按著自己的手臂。

「什麼事？」

「我擔心這次的案子，真的是我知道的某個人做的。」柯羅臉上的表情惴惴不安，「他消失過很長一段時間，所有人都認為他還在外面，但我一直認為他已經回到靈郡了。」

柯羅這麼說時，萊特心裡那根刺隱隱約約地刺了一下，他問：「你擔心誰回來了？」

「瑞文，我和圖麗的兄長。」柯羅說，這是他第一次和萊特提起他的家人。

「這就是你一直在找什麼的原因嗎？」

「對，我在尋找瑞文的足跡，如果他回來了，我需要有所準備。」

「準備什麼？」萊特小心翼翼地詢問

「在他吃掉我前先吃掉他。」柯羅說，赤色瞳孔裡沒有一絲溫度。

在萊特繼續追問下去前，辦公室傳來了一聲巨響，某人從椅子上摔到了地上。

「紳士們，我想我們要的消息來了。」榭汀的聲音慵懶地從他的小窩中傳出，他依然緊抓著手上的狗繩，而被狗繩牽著的丹鹿則在地上掙扎著。

「鹿學長！」萊特跑來扶起地上的丹鹿，對方的瞳眸再度渲染成一片深黑色。

「嘿。」鹿學長發出了像貓一樣的叫聲，「針蠍們今晚將再度舉行一場巫魔會，一場真正的巫魔會，所有靈郡內的巫族們將被邀請，一同參加盛宴。」

他伸出手指指向他們，「你們也將會受到邀請，或許這場盛宴裡會有你們想找的人。」

「來吧、來吧，跟著寵物朝著月亮走，直直走、直直走，走進巷弄內，走進諷刺的地方，走進我們舉行盛宴的地方。」丹鹿不斷爬起身要往前走，卻又不斷被狗繩拉回。

萊特和柯羅瞪了發出笑聲的加害人一眼，只見榭汀一臉無辜。

「拜託，別說你們覺得這樣不好玩。」

CHAPTER 8

林區

如同針鱖所說，丹鹿成了他們的指引者。

「朝著月亮走，直直走、直直走，走進巷弄內，走進諷刺的地方，走進我們舉行盛宴的地方。」一路上，丹鹿不停說著這句話。

都到這個節骨眼了，針鱖們還是喜歡給予模糊又曖昧不清的指引，走進諷刺的地方到底是什麼意思，他們根本毫無頭緒和方向，這非常惹人厭，但萊特他們也沒辦法，唯一能依靠的線索就只有丹鹿。

丹鹿指著朦朧的月亮引領他們前進，要是萊特的車開錯方向，他就會不斷重複同樣的話，直到萊特開對方向。

「等這一切結束後，我一定要把針鱖的毒去掉！」對於這件事，貓先生還是很不高興。

萊特當然也希望鹿學長身上的巫術能趕緊處理掉，他們總不能用狗繩綁著鹿學長一輩子吧？他擔心地看了眼指著月亮的丹鹿，對方卻忽然改變他所指引的方向。

萊特了個轉彎，他們本來開在大街上的車鑽進了那些說不出名字、彎彎曲曲的小巷弄中，直到巷子過於狹窄，車再也開不過去為止。

車一停下，丹鹿就急著要下去，萊特他們一路跟在他身後，深怕一個不注意對方又往高處爬。

越過那些蠍子們最愛的小巷弄後，他們來到了空曠而冷峻的荒野。

天空裡原本被星光遮掩的月亮在這時變得又大又亮，它高掛在空中，照亮了整片荒野，荒野之上則是矗立著一處廢棄的教堂。

廢棄的石砌教堂只剩下爬滿藤蔓植物的斑駁外牆，裡頭看上去空蕩蕩的，但有燭光和音樂不斷從裡面透出。

這下萊特他們終於知道「諷刺的地方」是什麼意思了——針蠍們這次竟然選擇在舊教堂內舉行巫魔會！

荒野中，穿西裝打領帶的人們在崎嶇小路上往教堂移動，和昨天的人群不同，這次出現的人可都是實實在在的流浪巫族。

「我們要混進一個充滿流浪巫族的地方，沒問題嗎？」萊特有點緊張，靈郡內未登記的巫族遠比他想像得還多。

「別太擔心，注意到他們都是男巫了嗎？蘿絲瑪麗以前常說，近代的男巫都不爭氣，只能讓女人生出沒用的男孩。」榭汀說，「這些流浪巫族大部分的巫力不強，巫術都沒什麼傷害性，頂多是拿來惡作劇的小把戲而已，所以你只需要祈禱他們肚子裡沒有可怕的東西就好。」

語畢，他忽然轉頭看了萊特一眼，「該帶的東西都帶上了嗎？」

榭汀指的是聚魔盒和那些用來對付男巫的武器。

萊特點了點頭，打開自己的黑色大衣，裡面塞著滿滿的武器。

榭汀冷眼看著萊特和他身旁的柯羅，就某種意義而言，萊特可能才是裡面最危險的人物，柯羅也是。

他們一個能獵殺女巫，一個能獵殺使魔。

「走、走、走，跟我來，快跟我來。」丹鹿依舊念個不停，急切地想往教堂內走。

柯羅的視線也放在教堂之內，好似裡面有他要尋找的人一樣。

「我們走。」柯羅率先領路，荒野中遍地都是崎嶇的大石頭路，他靈巧地在這之中走著，背影看起來孤單又決絕。

萊特不斷想起柯羅和他說到一半的話——在他吃掉我前先吃掉他。

不遠處，教堂前方，深紅色長髮的男巫已經在等著了，他遠遠地就對著他們勾著手指。

要不是榭汀牽著狗繩，丹鹿大概會馬上飛奔過去。

「我很棒我很棒，我帶著他們來了。」見到朱諾時，丹鹿像隻小獵犬一樣在他旁邊團團打轉。

「對，你很棒你很棒。」朱諾搔了搔對方的下巴，像在跟寵物說話。

「別再操控我的東西了！」榭汀不滿地把丹鹿拉了回去。

「狗繩？這興趣好像有點糟糕啊。」朱諾挑眉。

「所有現在在靈郡內的流浪巫族都在裡面了嗎？」柯羅不耐煩地打斷了他們的對話。

「我們邀請了所有最近曾經參與過巫魔會的客人。」朱諾說，「所以如果對方真的有從巫魔會上挑選獵物的習慣，那麼他應該會到場。」

「我們走。」柯羅轉身就要進去巫魔會，但被朱諾攔住了。

「慢著，你是打算進去一一確認這些人的身分嗎？我們可不想讓我們的賓客知道這場巫魔會舉辦的目的是為了幫助教廷抓人。」

「不然你要我們怎麼找人？協助我們可是你們自己答應的條件。」

「你們說過，這名流浪男巫的使魔有異食癖，專吃人的心臟。」朱諾玩著自己又尖又長的指甲，他解釋道，「凡是被針蠍親吻過的人，蠍毒會停留在所有的器官內，永遠留存，除非殺死身為來源者的我。」

榭汀看了朱諾一眼，像盯著老鼠的貓。

「那名男巫的使魔既然吃了寵物們的心臟，表示牠也吃下了我的蠍毒，那是專屬於我的毒，我的獵犬自然有辦法追蹤殘留的足跡。」

「什麼獵犬？」萊特問。

「在此之前，你們必須先保證會低調行事，找到你們要的人之後就帶走他，隨便你們要怎麼處理，但絕對不許把事情鬧大。我和賽勒會在你們帶走他後立刻轉換巫魔會的場所，假裝沒這件事。」朱諾提出條件。

「可以。」萊特點頭承諾。

朱諾看著萊特，半晌，他打了個響指，對丹鹿命令道：「去裡面，尋找你的同伴，他肚子裡有著跟你一樣的毒，身上會有跟你一樣的味道。」

「好的，主人。」丹鹿乖巧地點頭，就差沒搖尾巴了。

「這就是我的獵犬啦！」朱諾笑瞇了眼，獎勵似地摸著丹鹿的腦袋。

榭汀瞪著朱諾，握緊了手上的繩子，朱諾的目光卻越發挑釁。

「請你們跟好他，他會帶你們找到那個人的。」朱諾說，當他再度打響手指，丹鹿便拉著榭汀開始往裡面走。

「這個帳我會找你算的。」榭汀在被拉走前說。

「放馬過來啊，小貓咪，我隨時歡迎。」朱諾笑道。

萊特和柯羅互看一眼，很快地跟上榭汀和丹鹿的腳步，朱諾則是和他們分道揚鑣，消失在門口處。

教堂從外觀看上去是個廢墟，然而當四人一進到教堂內，看到的是和他們當時進入巫魔會內完全一樣的場景。

天空那個醒目的巨大月亮依然高掛天空，看起來就跟真的一樣，只是舞池中央的巨大黑牛不見了，取而代之的是一隻深紅色的巨蠍。

室內的燈光被調得很暗，男巫們像一群零零散散的羊群，分散在各個角落，在輕柔的音樂下，有些人交頭接耳地聚在一起，不知道在交換什麼資訊。

萊特他們在吧檯區看見了賽勒，他依然鎮守在那裡，像個稱職的主人。

他們一行人在巫群中穿梭著，柯羅讓光源移動，將他們四個人隱藏在黑影之中，彷彿他們只是在其中隨意路過的男巫一樣。

柯羅緊緊跟在丹鹿身後，仔細觀察每個經過他們身邊的男巫，整個人的神情也越來越凝重。

「柯羅，還好嗎？」萊特小聲詢問。

「沒事。」柯羅卻連看都沒看他一眼。

「柯羅……」

「幹嘛啦？」柯羅煩躁地回應，終於看了他一眼。

「別緊張，如果你遇到任何困難，我都會在你身邊幫你。」萊特輕聲說。

「這種時候你還在胡說八道些什麼啊？」柯羅一臉莫名奇妙地瞪著萊特，他反駁，「我才不緊張！」

但萊特注意到剛剛明明還渾身緊繃的人，現在明顯放鬆了些。

「所以這次讓我來解決，別輕易叫喚出『牠』好嗎？」萊特說。

柯羅沒說話，他移開了視線。

「我聞到他的味道了。」這時丹鹿忽然出聲，他變得興奮急躁。

「在哪裡？」柯羅快步跟了上去。

「在那裡、在那裡，就在那裡！」丹鹿擠進一群男巫中，引起一陣小小的騷動。

當柯羅和榭汀經過巫群之中時，有些人注意到了他們，他們露出困惑的神情。萊特不確定他們是不是被認了出來了。

「親愛的賓客們，歡迎來到巫魔會。」賽勒的聲音在這時遠遠地傳來，吸引了所有巫族們的注意。他依然站在吧檯，身邊陪伴著他的兄弟朱諾，「今晚讓我們舉杯慶祝，希望各位能玩得愉快，在這場巫魔會裡得到你們所希望的一切。」

巫群們舉杯慶祝，針蠍們則是對著萊特他們的方向敬酒。

丹鹿趁著這時帶領他們穿過巫群，並且在角落發現了獨自一人的男巫。

那名男巫身穿著和柯羅相同的黑色西裝大衣，他隱身在陰影之下，帽兜將他的面容掩蓋住了。

「就是他！我很確定就是他！他身上有一樣的味道。」丹鹿指著角落的男巫，他想要衝上前，但被榭汀一把拉住。

「萊特！」榭汀喊了聲。

萊特點點頭，正要上前，柯羅先一步往對方走。

「柯羅！等等。」萊特拉住柯羅，用眼神示意他冷靜下來，「讓我來處理。」

柯羅回頭看著萊特，他遲疑了一會兒，直到丹鹿出聲：「他注意到我們了。」

角落的男巫拉下了他的黑帽，將自己遮掩得更加嚴實，作勢要離開現場。

柯羅最終還是甩開了萊特的手，他一個箭步上前抓住對方的手，用十分嚴厲的語氣質問對方：「你是誰？露出你的臉來！」

對方沒有應話，只是反射性地向退去後，卻被柯羅死抓住不放。

一束光從柯羅的掌心中發出，他傾身就要拉開對方的帽子，對方卻忽然反手抓住了他的手腕。

柯羅的手腕一陣發熱，當他低頭，一束火焰轟的一下冒出，像爆炸一樣在他們面前熊熊燃燒，逼得柯羅不得不往後退去。

柯羅的衣服燒了起來，他急忙脫下外套滅火，萊特也衝上前幫忙撲滅他身上的火焰。

「萊特！」榭汀這時又喊了一聲。

萊特和柯羅這一轉頭，十幾雙眼整齊地看著他們，原本被轉移注意的巫群們，在剛剛的騷動下又將焦點放到他們身上，這顯然讓巫魔會的主人非常不高興。

賽勒和朱諾在遠處瞪著他們，下一秒，丹鹿面無表情地開口說道：「你們沒遵守你們承諾的事，現在最好趕快滾出這裡。」

語畢，巫魔會的燈光暗了下來。

柯羅並不在乎他們是不是破壞了約定，他抬頭，製造出火焰的無名男巫已經趁著混亂飛奔而出，他推開最近的一扇門後倉皇離開。

柯羅追了上去，全然不顧萊特的叫喊。

「我們該離開了。」榭汀說。

陰影之中有種窸窸窣窣的聲音從四面八方傳來，直覺告訴他們再不離開會大事不妙，於是萊特帶著榭汀他們一同追出了門外。

當萊特他們一踏出教堂，轟然一聲，巫魔會內原本的燈光全數暗下，一回頭，原本舉行著巫魔會的教堂已經再度變回荒野中杳無人煙的廢墟。

「別跑！」

不遠處，柯羅怒吼著，他在崎嶇的小路上一路追著黑影前進，月光一下子亮了起來，變得刺眼而醒目。

被追逐的無名男巫則是在他經過的每一處種下火苗，荒野上的野草一瞬間燃燒了起來，順著他經過的路徑燃起大火。

「柯羅！」萊特緊追在後，越來越大的火舌幾乎淹沒了他們。

榭汀和丹鹿落在最後頭，萊特最後只聽到榭汀遠遠喊了句：「夠了！」緊接著他們之間的道路就被火焰吞噬，阻斷了聯結。

「我叫你站住！」

那廂，柯羅依然自顧自地追逐著對方，不顧火焰高溫，他鍥而不捨地跟著那名男巫，最後更直接朝對方彈了一束閃電般的光過去。

對方在崎嶇的石頭路中一個踉蹌，撲倒在石塊與逐漸融化的薄雪之中，而萊特這時才終於跟上柯羅的步伐。

「柯羅！」

柯羅喘息著不說話，萊特見到他開始解開衣袖，並從口袋中掏出口紅準備使用。

「我跟你說過沒有必要。」萊特拉住了柯羅，「我可以用武力制止男巫，沒有必要叫出你的使魔，只要在他——」

「敲敲門。」這時，倒在地上的男巫唐突地說了句話。

萊特和柯羅錯愕地同時望向對方，他們都知道當男巫說出這句話，接下來會發生什麼事。

「是誰在門外？」一個古怪的聲音在火焰燃燒的劈啪聲中響起，牠的聲音低啞，令人不安。

「林區，你的僕人。」這是男巫第一次報上名來，他的帽兜滑落，在火光中露出了他的臉來。

那是個非常年輕、表情充滿恐懼的男巫，他一頭棕髮，一雙棕色的眼珠，看上去很普通，和柯羅預想中的對象完全不同。

那並不是他要找的人。

「非常好。」那到古怪的聲音說，「你有什麼要求呢？」

「快幫幫我，他們發現了！他們來獵殺我了！」林區低頭解開了上衣，露出他平坦的腹部，上頭早已刻畫著一圈又一圈的古老文字，他虔誠地道，「陶洛斯，我需要你。」

接著有東西從林區的肚子裡探出，男巫那層薄薄的肚皮像被什麼東西戳了一下，尖銳又堅硬，讓男巫發出了痛苦的呻吟。

兩根巨大的角穿透了男巫的肚皮，彷彿從一層有彈性的薄膜中爬出一樣，身上覆蓋著一層黑色毛髮的魁梧人形從男巫腹部中爬了出來。

林區召喚出了他的使魔，周遭火焰瞬間變成詭異的藍色，看上去幽幽冷冷，但熱度依舊猛烈。

萊特和柯羅看著眼前名為陶洛斯的使魔，和在甜湖鎮及憂鬱林時遇到的使魔不同，這隻使魔和柯羅的蝕一樣，牠擁有著極其接近人類的外表。

陶洛斯的臉形方正、五官深邃，頭上長著兩根巨大又尖銳的牛角，牠的雙眼則冒著藍色的火焰，嘴裡有著形狀奇怪的方形牙齒。

「是誰在追著我的僕人跑呢？」陶洛斯說話，牠上半身像是披蓋著黑色牛毛的正常人體，下半身則是像牛一樣的軀幹。

萊特他們看著陶洛斯踢踏著牠健壯蹄子一路奔騰到空中，牠不需要翅膀也能在空中悠然奔跑，只見牠圍繞著萊特和柯羅團團轉，藍色火焰也被捲成了一圈，圍繞著他們高高燃起。

「嗯嗯……我喜歡年輕的心臟。」陶洛斯發出嘻笑聲，居高臨下地注視著萊特和柯羅，眼裡的藍色火焰噴發著，光芒綺麗又詭異，「不知道你們的心臟好不好吃呢？」

「別阻止我！我現在必須叫出牠來……」

柯羅揮開萊特的手，正準備解開腹部的馬甲，在皮膚上寫下古文字時，陶洛斯卻踢躂著牠的蹄子停留在萊特面前，牠混合著腐敗肉味的鼻息噴到了萊特臉上。

萊特並不害怕，他見識過更可怕的東西，所以他只是下意識地擋在柯羅前面。

「你看起來有顆很好的心臟，我猜它吃起很有嚼勁，味道又鮮美。」陶洛斯伸出牠的手指，尖銳的指甲戳在萊特的胸口上，「他從未拐過這麼美味的獵物給我，你很特別。」

使魔像看到了什麼稀世珍寶，牠笑咧了嘴，萊特在牠嘴裡也看到了藍色的火焰。

「我想我要先吃掉你的心臟，我喜歡先吃好吃的東西。」

「退後！萊——」柯羅話還沒說完，陶洛斯已經一把抓住了萊特將他往天上扯。

柯羅反射性地抓住萊特要將他拉回身邊，兩人一同被帶離地面，看到扒在萊特後面的柯羅，陶洛斯顯得有些不高興，牠用力一扒，用牠巨大的五爪將柯羅從萊特身上剝開。

此時他們已被帶到幾層樓以上的高度，陶洛斯一手拎著萊特，一手拎著柯羅。陶洛斯湊向柯羅，聞了聞他的臉，瞇起眼來，「嗯嗯嗯嗯……或許你的心臟也很好吃，但你肚子裡有東西，而那東西太難處理了。」

「所以不了，我不要你。」陶洛斯甩了甩手上的柯羅，「而且在牠出來之前，我最好先燒了你。」

眼見陶洛斯拎著柯羅要將他從高空中丟進那團依然熊熊燃燒的藍色火焰中，萊特從衣服內抽出一把獵刀來，反手就往使魔的眼珠刺了上去。

然而刀子卻像刺進了空洞之中，萊特看著陶洛斯像沒事般地轉動眼珠看他，獵刀一下子被藍色的火焰燃燒了起來。

陶洛斯對萊特笑著：「跟你的朋友說再見。」語畢，牠隨即放開柯羅，柯羅掉了下去。

「柯羅！」

見狀，萊特又將獵刀抽了出來，反手往陶洛斯的爪子上用力猛刺。這點程度的小攻擊對使魔來說不算什麼，但像被蜂螫一樣尖銳的痛感讓陶洛斯不悅地放開了手。

萊特從高空墜落。

這沒關係，因為陶洛斯向來喜歡這樣玩弄自己的獵物，從高空將他們摔落到地面，不至於摔成爛泥，但也不會太好過的程度。然後等他們癱在地上，痛苦呻吟的時候，他再一點一點地爬進他們腹部內，慢慢將他們的內臟煮滾。

經過痛苦和驚嚇的獵物心跳會劇烈加速，陶洛斯認為那是讓人類心臟變美味的一種方式。

在萊特和柯羅一起掉入陶洛斯的藍色火焰後，牠在上空盤旋了幾圈，並確認自己怯懦的年輕宿主平安地待在原地後，牠再度衝進了自己築起的火焰之中。

CHAPTER 9

陶洛斯

萊特以為自己會重重地摔在地面，但並沒有。

當他摔下來時，原本遍布堅硬石頭和粗糙雜草的地面竟然柔軟得像貓的腹部一樣。

「柯羅！」還沒搞清楚是怎麼回事，萊特第一時間從原地爬起就要尋找柯羅。

「別叫了……在這裡。」柯羅的聲音傳來。

萊特一抬頭，柯羅就在眼前，古怪地浮在空中，像是有股力量把他懸吊在那裡。

「柯羅！」萊特衝過去，腳下的柔軟卻讓他難以行動。

萊特本以為柯羅會整個人被吊在半空中，是因為他喚醒了他腹部內的蝕，但從現在的情況看來，似乎不是這麼回事。

柯羅腹部上的古文字和圓圈才畫了一半而已，門並沒有形成，況且，四周也沒有被黑暗籠罩，而是——

萊特四處張望，原先那些熊熊燃燒的藍色火焰不知何時竟然逐漸熄滅，原本被燒黑的野草茂盛地長了回來，卻不再是原本枯黃的色澤，而是深藍夾雜著淺藍的古怪顏色，而且全都柔軟不已，一絲一絲地纏繞在他們腳下。

藍色火焰的強度和熱度被一種冰冷又怪異的深藍色調給取代。

「嘻嘻嘻嘻——」

隨著一道笑聲響起，柯羅跟著震動了幾下，接著他從空中被摔落到地面。

「差點要摔成肉餅了呢！」那聲音說。

萊特看著原本空無一人的地方竟然逐漸冒出一個男人的輪廓，陌生的男人有著一頭柔軟滑順的深藍色中長髮，身材纖細，臉孔十分精緻稚氣，笑起來時虎牙尖銳，看上去就像隻貓咪一樣——連那雙金色的大眼都像。

男人身上披著一件披風，領口上有一圈雪白色的絨毛，牠挺著腰，好像在叫人摸摸牠一樣。

「你是？」

「是我啊！你應該看過我的，不記得了嗎？」

男人往前跨了一步，忽然又消失在半空中，等再度出現時，人已經逼近到萊特面前。

「或者你比較記得這個姿態？」男人伸了個懶腰，瞬間在萊特面前變幻成了一隻深藍色的大貓，似豹又似虎。

萊特記起來了。

「柴郡！救下他們了嗎？」榭汀的聲音傳來，他牽著丹鹿一路趕來。今天的貓先生失了優雅，他喘息著，看到萊特和柯羅沒事才安心下來。

「當然，父親交代的事，我有沒辦到過的嗎？」柴郡從萊特身邊消失，出現在榭汀身旁，牠匍匐在他腳邊，用臉蹭著他的腿。

「很好。」榭汀拍了拍柴郡的腦袋。

「你們現在安心還太早了吧？」一旁的丹鹿忽然冷笑著開口說道，針蠍們似乎還沒放棄他們對丹鹿的操控。

萊特他們順著丹鹿的視線回頭，不遠處的藍色火焰又再度燃燒起來。

「你們退下，讓我來處理。」柯羅起身，準備一人獨自上前。

「不！」萊特卻拉住了他。

「都這種時候了，別耍白痴！讓我把事情解決！」柯羅吼他。

「不，萊特，勸你不要，你知道讓柯羅去處理會發生什麼事。」榭汀說。

柯羅會召喚出蝕，蝕會吃掉那隻使魔，甚至是使魔的主人……最後是柯羅自己的美夢！

萊特還在猶豫的當下，陶洛斯挾帶著火焰再度出現在他們面前，居高臨下地望著他們。

「搶別人的食物是件很沒道德的事，兄弟。」陶洛斯指著柴郡，牠焦躁地在他們面前走動，蹄子發出了喀噠喀噠的聲響，藍色火焰燃燒得更猛烈。

「吃人才是件很沒道德的事，兄弟。」柴郡匍匐在榭汀腳下，嘻嘻嘻地嘲笑著。

趁使魔們互相對峙時，柯羅又要往自己腹部上畫東西，但萊特拉住了他的手，對他搖頭。

「叫牠出來，事情可以更快解決！」柯羅不滿地看向萊特，他不明白對方為什麼要阻止他。

「是嗎？真的會更快解決嗎？」萊特卻反過來質問他。

蝕出來的兩次他們兩人都在場，柯羅騙不了萊特，萊特很清楚蝕出來之後會發生什麼事。牠會先用殘忍的手段折磨使魔，刻意地，在柯羅面前表演一場血腥屠殺。

「我不知道你這麼堅持讓蝕出來的原因是什麼……」

「我……」

「但請相信我們，這次讓我們來處理好嗎？拜託。」萊特握著柯羅的手的力道減輕，他輕輕地拍了拍柯羅的手。

柯羅第一次遲疑了，就在他猶豫的當下，陶洛斯因為柴郡的嘲弄而發怒了。

「噁，人類心臟，那多噁心，被其他兄弟姐妹知道你會被嘲笑的！」柴郡不停地發出笑聲，牠的姿態不斷在大貓與人類間變化著。

「其他兄弟姐妹又好到哪裡去？你又好到哪裡去呢？」陶洛斯的怒火不斷竄升，周遭的熱度再度沸騰，「你臣服在本該臣服於你的僕人之下，親吻本該親吻你屁股的人，這是多麼羞恥的事？」

「不，我才不羞恥，我的父親值得我親吻。」柴郡倒是不在意陶洛斯的羞辱，牠的尾巴輕輕甩動著，一臉得意地看向榭汀，然後又看向一旁呆立不動的丹鹿，牠意味深長地道，「他總是會獻給我最好的美酒與佳餚，使我饜足，讓我不至於去吃人類的心臟。」

「你不會懂，兄弟。」

「我確實不懂，這跟吃鼻屎的人類有什麼兩樣呢？」

柴郡話音剛落，陶洛斯挾帶著大量的火焰衝了過來。

在萊特下意識地抬手替他們阻擋噴發過來的藍色火焰時，他看見自己舉在空中的手扭曲成了奇怪的形狀，然後一絲一絲地飄散開來，彷彿整個人變成了蒲公英的毛絮一樣。

眼前畫面瞬間扭曲，萊特的腦袋像被一隻手緊緊掐住一樣，等他再張開眼，扭曲的畫面再度被轉正，而他們已經不在原本的地方了。

原本所在之處，正被陶洛斯的火焰熊熊燃燒著。

萊特他們不知道什麼時候從陶洛斯的正前方被轉移到了牠的正後方，柴郡在他們面前嘻嘻笑著，忽隱忽現。

「唔！」一旁的柯羅一下子鐵青了臉色，他難受地跪趴在地上朝榭汀吼道，「我說過我不喜歡被柴郡這樣移動了吧！」

原本好好站在旁邊的丹鹿更是大吐特吐起來，柴郡的移轉似乎讓他頓時脫離了針蠍們的掌控，他一臉鐵青地從反胃中抬起頭。

「靠……發生什麼事了？榭汀還是針蠍又對我做了什麼？現在又是什麼狀況？」修養良好的小教士都忍不住爆了粗口，丹鹿傻愣愣地看著眼前的一片火海，他似乎錯過了很多他不想知道的事。

「救你們還怪我囉？」沒有回答丹鹿問題的打算，榭汀聳聳肩，他古怪地看了眼像是完全沒被影響到的萊特。

「現在呢？父親想要我做什麼？」柴郡又問。

「在不殺死使魔的情況下抓捕牠，我們要把牠收進聚魔盒內。」榭汀說。

「不！讓我……」柯羅還想要插話。

「唉……順便處理一下那個，你知道蝕出來的話事情會多麻煩，我累了，我現在只想速戰速決打卡下班。」榭汀撓了撓柴郡的頭，隨後打了個響指。

啪的一聲，柴郡迅速消失，牠出現在柯羅和丹鹿身後，丹鹿都還來不及尖叫，他和柯羅兩人就消失在空氣中，然後在兩秒內從左邊被移到了右邊，又從右邊被移到了後方的大岩石下。

萊特又聽到了丹鹿的嘔吐聲傳來，柯羅則是很乾脆地趴在地上不動了。

「不是每個人都有辦法承受柴郡的把戲。」榭汀對萊特瞇起眼，意有所指。

「柯羅……」

「他沒事，你就讓麻煩在那裡躺著吧！蝕出來是我們每個人都不樂見的。」榭汀說。

「我明白你的用意，但鹿學長是怎麼回事？」萊特問。

「喔，那個啊……只是好玩而已。」再度出現在他們身邊的柴郡一臉驕傲地說。

「柴郡……」榭汀狀似要責備他的使魔，狀似而已。

「別把我當成蠢蛋耍！」此時，發現他們一行人消失在火光中的陶洛斯折返回來，終於發現他們就在牠的身後，牠眼裡的火光猛烈竄升。

「還行嗎？柴郡，這可不像憂鬱林的那隻使魔。」榭汀問。

「小意思而已。」柴郡伸了伸懶腰，牠變換比起之前來得更高大、更結實的人形。

此時的柴郡看似人又似豹貓，原本俊美稚氣的面部微微凸起，尖細的虎牙變得粗長。

柴郡走入陶洛斯的火焰中，牠每走一步，石頭縫隙下柔軟的藍色草葉也長得更加茂盛，像髮絲一樣，取代了了陶洛斯的火焰。

使魔們的空間拉鋸著，誰也不讓誰。

陶洛斯奔向柴郡，用又長又尖的巨大牛角衝撞牠，但柴郡只是搖了搖尾巴，還頑皮地做了個鬥牛士的姿勢，然後呼一下消失在空氣中。

也許這就是柴郡叫這個名字的原因。

發出了嘻嘻兩聲竊笑後，先是那排白亮亮又尖銳的牙齒出現在陶洛斯身後，接著牠的身體浮現，在陶洛斯反應過來前，牠的利爪扒上了牠牛一樣的軀體，張嘴就咬，狠狠扯下一大塊肉。

陶洛斯發出憤怒的嚎叫聲，牠想將柴郡從身上甩下，但柴郡依舊輕輕一個跳躍，像煙霧一樣在空氣中飄散。

「比我想像中還容易，看來牠的主人並沒有給予牠足夠的營養。」一旁觀戰的榭汀說。

「什麼意思？」萊特問。

「字面上的意思。」榭汀避重就輕，他們腳下柔順的藍色雜草像頭髮一樣地攀附在他們腳邊，他看著萊特，好奇地問，「當柯羅召喚出蝕的時候，你也是這麼活蹦亂跳的嗎？」

「有一次是，一次不是。」

「什麼意思？」

「字面上的意思。」萊特學得很快。

陶洛斯燒了柴郡所有的草，牠身上鮮血淋漓，被扯出的肉塊在牠自己的火焰燒灼下，變成灰燼，漫天飛舞。

「我會吃了你的心臟，兄弟。」陶洛斯團團轉著，因為柴郡時不時出現在不同的方向。

「唉……這或許還讓人值得尊敬一些。」柴郡說。

陶洛斯發出怒吼，火焰綻放全身，燒掉了一切事物。

柴郡卻只是輕輕地打了個呵欠，似乎已經對牠們之間的遊戲感到煩膩，火光之中，牠舔了舔爪子上的血肉，再次消失不見。

下一秒，地上那些柔軟的草用極快的速度重新長了回來，它們像有生命似地纏住了陶洛斯的軀體。陶洛斯急於掙脫，那些柔軟的草卻越纏越緊。

「時間差不多了，把聚魔盒準備好。」眼看著他的紅毛老鼠還在旁邊吐得東倒西歪，榭汀只好催促唯一在身邊的萊特，「你知道聚魔盒怎麼用吧？我們現在可不需要另一個神奇寶貝大師。」

萊特點點頭，沒聽懂神奇寶貝大師的玩笑。

那廂，柴郡再度出現，這次牠張狂地踩在陶洛斯背上，腳爪深深地插進牛人的背脊中。

「滾開！」陶洛斯吼叫，牠越掙扎，柴郡那些毛茸茸的草就纏得越緊，幾乎將牠淹沒。

「這會有點痛，但忍忍就過了。」柴郡說。語畢，牠的雙手抓住陶斯洛的牛角，並用力地將牛角往兩邊撕扯。

使魔發出了強烈的哀號聲，但在這哀號聲中，萊特依然可以聽見骨肉分離那種濕黏卻又喀喀作響的聲音。

「壯觀的東西，雖然沒有什麼用，但我會想要收藏一對。」柴郡越笑越開，嘴角幾乎拉扯到了雙頰旁。

此時的柴郡不再是那隻漂亮調皮的深藍色大貓，而是令人生畏的可怕使魔。

陶洛斯試圖再度燃起火焰，但火焰只是小小地燒焦了柴郡細緻的髮尾後，就被牠用尾巴撲滅了，接著啪嚓兩聲，陶洛斯巨大的牛角被殘忍地扯落。

只見缺了角的傷口冒出一陣黑煙，陶洛斯的火苗漸弱，連同牠眼裡、嘴裡的藍色火焰都逐漸黯淡下來。

強烈地顫動了幾下，陶洛斯癱躺在柔軟的地面上，深藍色的草葉幾乎覆蓋了牠逐漸縮小的軀體。

原本巨大又強壯的牛人縮成像羚羊般的大小，連健壯的身軀都像被抽乾了所有肌肉似的。

那些柔軟的雜草像波浪一樣，緩緩地將陶洛斯的身體送到榭汀面前。

柴郡隨手將陶洛斯的牛角丟棄，牠舔著自己的毛髮和指甲，緩緩地消失在空氣中，然後又以可愛大貓的姿態出現在榭汀腳邊。

「你做得很好。」榭汀拍了拍柴郡的腦袋，然後看向萊特。

萊特從口袋裡掏出了銜蛇男巫的聚魔盒，聚魔盒小小一個，一手可以盈握，從外表看上去連顆小糖果都裝不下。

使用聚魔盒要稍微用點技巧，聚魔盒的正面是獅子的圖騰，背面是老鷹的圖騰，中間則是纏繞著一隻可以移動的迷你銅蛇——烏洛波羅斯。

所以原理是一樣的，在打開聚魔盒之前，必須先用手指按著銅蛇的尾巴末端，讓它的尾巴能銜進它大張的蛇嘴裡。

萊特手指靈活地將烏洛波羅斯的尾巴送進了它的嘴裡，喀嚓一聲，銅蛇銜住了它的尾巴後，萊特將聚魔盒丟了出去。

銅蛇一動，三角形的小盒子忽然擴展開來，像長出了自己的骨肉般，一下子展開成跟使魔相等大小的三角盒棺，並自動打開了棺蓋。

「這個比較聰明點。」柴郡看著萊特，咯咯地笑了，「不夠好玩。」

「柴郡，幫點小忙。」榭汀說。

柴郡點點頭，牠走過去叼起地上的陶洛斯，將那被摧殘得半死不活的使魔給拖進聚魔盒中。

「不……羞恥……」使魔被拖進聚魔盒時這麼說著。

「抱歉，你沒有找到能幹的父親或母親，就只能住這啦！」柴郡瞇著眼說。

聚魔盒則在使魔進去後，再度闔上棺蓋，咬住自己尾巴的銅蛇開始啃食自己的身軀。隨著它逐漸被吃掉的身軀，聚魔盒也一步步縮小，最後變回原本的大小。

萊特撿拾起地上的聚魔盒，看著手中那小小的三角盒，他覺得有些不可思議。如果你搖晃聚魔盒，還可以聽到裡頭喀啦喀啦地響著。

「我餓了，父親。」這時候，柴郡說。

「辛苦你了，我會賞賜你美酒與佳餚，但可以稍微再忍忍嗎？現在不是時候。」榭汀撓著柴郡的下巴。

柴郡瞇起眼，牠看向萊特，同意地點了點頭。深藍色的大貓鑽進榭汀懷中，最後窩進去，然後消失得無影無蹤。

地上茂盛的柔軟雜草縮回石縫間，地面再度變得結實而堅硬，周遭那種深藍色的色調褪去，景物恢復正常。

荒野上，一切回復原狀，只有不遠處有個黑影正匆忙地逃跑中。

他們都忘了還有個男巫在那裡。

「站住！」萊特將聚魔盒收進口袋，追了上去。

榭汀看著萊特像隻小獅子一樣地追著那個黑影，悠悠地吹了聲口哨，接下來就是教士的工作了。

萊特一路追著黑影跑，對方沒能跑太遠就被他以擒抱的方式給撲倒。

年輕男巫掙扎著，他甚至試圖抓住萊特的手並再度燃起火焰，就像他對柯羅做的那樣，然而火焰並未燃燒，只造成了些許的灼熱而已。

萊特趁機反手箝制對方，用雙手雙腳鎖住他，將對方壓制在地。

「別動！不然就揍你！」

萊特才剛抬手，對方就慌忙求饒。

「別殺我！」男巫驚懼地哭喊起來。

「沒有要殺你。」萊特皺了皺眉，獅派的教士可不幹這種事，「靈郡最近發生的怪事都是你幹的，對不對？」

「我不是故意要傷害人的，但是牠說牠吃不夠，牠需要吃一些『好玩』的東西……如果不給牠吃，最後牠會把我吞掉。」林區持續辯解著，像個慌張失措的孩子。

萊特看著林區年輕稚嫩的臉龐，男巫年紀大概和柯羅差不多，或許還要再更小一些。

「對不起，我不是故意的……我不知道使魔這麼難控制，我不知道美夢被吃掉的感覺這麼可怕。」林區依然說著，淚如雨下。

「所以你從巫魔會上拐人，對嗎？」萊特問。

「那些人崇拜我們，他們是最輕易能誘拐的目標，只要展現使魔給他們看，他們就會自己自願跟上來！」林區顫抖著如實說出，他看向萊特，不停道歉：「我真的很抱歉，雖然他們也有跟我求救，但我真的無能為力——求求你，不要獵殺我！」

這下可以解釋當時巫毒娃娃們展現的情況了。萊特心想，他看著淚流滿面的年輕男巫，忍不住嘆息。

「我說了不會，但我們必須先把你交給教廷，你能配合嗎？」萊特漸漸鬆下箝制。

林區點了點頭，然而他似乎沒有真的相信萊特的話，在萊特放開他之際，再次試圖逃跑，於是萊特再度撲了過去，這次直接給了他一拳。

丹鹿從那股巨大的眩暈之中恢復清醒時，周遭景色已經變回原本冷峻的荒野，柯羅狼狽地倒在地上，榭汀則是不知道什麼時候站在他們面前，一臉打趣地看著前方。

「現在是怎麼回事？」丹鹿擦了擦嘴角，他和柯羅顯然錯過了什麼。

「別擔心，我想我和萊特都處理好了。」榭汀笑得像隻貓一樣，他指著前方。

萊特拎著他捕捉到的男巫一路走來，就像拎小雞一樣。

「這就是我們要找的犯人了。」萊特將昏倒的男巫扔在地上。

「你沒把人弄死吧？」丹鹿緊張兮兮地檢查那名男巫。

「沒有！謹遵鹿學長的指示，先制止他，說道理，然後出拳揍他！」萊特敬禮。

「我可沒說要揍他！」丹鹿白了萊特一眼，他觀察著地上的男巫，「這就是指使使魔去吃人心臟的男巫？跟我想像中有點不太一樣。」

「事實上，有可能是使魔指使他去誘拐人給牠吃的，他說他滿足不了牠的胃口，擔心被牠全數吞噬。」萊特說。

「這確實是巫力弱的年輕男巫遇上能力比較強的使魔時可能會遇到的事……我比較好奇使魔是怎麼挑上他的。」榭汀一臉不意外地聳聳肩，他問，「那現在呢？」

「送去教廷，交給教廷審判。」丹鹿從地上拎起男巫。

「你們知道教廷會怎麼處理嗎？」榭汀微笑。

「應該會先關起來，上頭的主教們會去審問，弄清楚來龍去脈，然後再給予一個公正的審判吧？」丹鹿說。他們已經好幾年沒有這麼重大的男巫犯罪了，況且教廷向來很神祕，基層教士只能給建議，並沒有資格過問教廷會怎麼處理。

「嗯……教廷把你們這些真善美的獅派小教士保護得可真好，對吧？」榭汀瞇起眼，說話又是那種高深莫測的態度。

「說人話，不要喵喵叫，我聽不懂。」丹鹿瞪了榭汀一眼。

「總而言之，我們快回去吧？這裡冷死了。」榭汀搓了搓手，臉又開始臭了起來。

恢復正常的荒野失去了火焰的炙熱，十二月的寒風馬上灌了下來，還夾雜著一點細碎的雪霜。

榭汀看向丹鹿，躊躇了一會兒又要靠上去，但在丹鹿發火前，他又默默地推開了丹鹿。

「我喜歡我的暖爐香香的。」榭汀有些嫌惡地看了剛吐完的丹鹿一眼。

「自己去買一個真的暖爐啦！」正在試著抬起地上男巫的丹鹿真的要生氣了。

萊特看著榭汀和丹鹿你一言我一語地拌嘴，他有些雞婆地認為貓先生和鹿學長如果也住在一起，感情或許會更融洽一點，到時候他或許還能在假日帶著柯羅上門拜訪，他們就可以一起……喔！對了！柯羅！

「柯羅！」萊特趕緊拉起癱在地上的柯羅，柯羅卻完全沒有意識。

「別擔心他，很快就會醒了，他向來受不了柴郡的把戲，十歲那年我們第一次這麼做的時候他還直接昏倒，差點都尿褲子了。」像想起什麼好笑的事般，榭汀自顧自地笑了起來。

「你們小時候常玩在一起？」萊特問。

「對。」榭汀看了柯羅一眼，「但那是過去式了。」

為什麼後來不玩在一起了呢？萊特想問，但貓先生似乎已經沒有理睬他的打算。

「我們走吧？」榭汀自顧自地說道，下意識地想搭丹鹿的肩，想想不對又把對方推開。

萊特也不好意思多說什麼，他攙扶著柯羅，試著先替他將解開的衣釦扣好。

——真可惜。

然後萊特聽到了一道聲音，低啞又渾厚，一閃即逝，他甚至不知道是不是自己的錯覺。

俊美瘦削的臉孔，像雪一樣白嫩的膚色，以及那口在陰影之中露出的尖銳利牙……萊特一瞬間回想起了他從樹洞被拉出、與蝕面對面的畫面。

渾身一顫，萊特瞪著柯羅腹部上畫到一半的圓形及古文字，口紅已經糊掉了，而柯羅的腹部始終一片平坦……

「萊特！發什麼呆？快走了，還要先趕去教廷那裡一趟呢！」鹿學長在不遠處喊著萊特。

萊特搖搖頭，深呼吸了口氣，或許一切就只是風聲呼嘯的聲音。

沒有繼續多想，萊特攙扶著柯羅跟了上去。

柯羅被路上的一陣顛簸給震醒，但主要還是因為隔壁正在開車的那個傢伙的歌聲太大太吵。

萊特這人好像十全十美，但除了響指打得奇差無比外，他在唱歌這方面根本就是個音痴，就像早上公雞在叫的聲音。

「吵死啦！」柯羅吼道，這才發現自己早已經不在那片著火的荒原之上，而是被人用安全帶繫在車子的副駕駛座上。

柯羅皺眉，他總覺得這場景似曾相識。他身上還披著一件教士袍，上面散發著一股被陽光曬過的暖暖氣味。

那讓柯羅覺得有點惱人，雖然不知為何，他並不太討厭。

剛剛還在唱歌的萊特一看見他醒了，連忙調降車內收音機的音量，一臉關心地問道：「現在感覺如何？還好嗎？有發燒嗎？胃會不舒服嗎？想吐嗎？」

「我沒事！」柯羅瞪了萊特一眼，萊特這才乖乖閉嘴。

不，也沒有閉嘴。

「太好了，我還怕你會暈過去一整天呢！才五、六個小時而已嘛，榭汀說得太誇張了。」萊特一臉放心地說著。

五、六個小時？

柯羅看向前方，天色濛濛，而他們已經在回家的路上了，榭汀和丹鹿並沒有跟著他們。

「我們應該泡個熱水澡放鬆一下，我建議你之後可以再小睡一下，但我比較可憐，我還要趕一份事典報告給大學長……你說我這次又不交的話能不能安然躲過？」萊特說個不停。

柯羅翻開自己的衣服，腹部上的口紅痕跡已經被全數抹淨，他身上一點疼痛和不舒服的感覺都沒有。

蝕沒有被召喚出來。

「發生什麼事了？使魔和那個男巫呢！」柯羅大聲質問，打斷了萊特的話。

原先說個不停的萊特一陣靜默，忽然一個食指壓上了他的嘴脣，然後再度開啟他的連珠炮模式……

「等等！在你要講話以前我要先跟你約法三章，我現在在開車，所以你不准發火，你也知道你每次發火的結果都不好，要是我們因為你在車上發飆而出了車禍，車子戲劇性地滾下懸崖，我為了救你而抱住你，你也因為愧疚而抱緊我，最後我們的下場就是雙雙陣亡，死在爆炸的車子裡，而隔天報紙的頭條就會是——男巫與教士殉情！教廷內天理不容的……」

柯羅倒抽了一口氣，原先湧上的怒氣被萊特那張可以把死人從墓裡吵起來的嘴給消磨掉了，只剩滿滿的無力和絕望。

萊特就是有這種很魔性的力量。

「好！我跟你保證我不生氣，你閉上嘴就對了！不然我真的要跟你殉情！」柯羅拍掉了萊特的手，卻又迎來對方三三八八的水汪汪大眼，就因為他也用了「殉情」這個詞。

柯羅癱在座位上。算了，一切都算了，他放棄。

確認柯羅也同意不殉情，想快快樂樂地牽手走一輩子之後，萊特解釋道：「柴郡讓你暈過去了一段時間，但不要緊，這段期間裡我和榭汀已經處理掉使魔陶洛斯，並且把牠關進聚魔盒內上交出去了……就像我和你說過的，你不用逞強，可以交給我們處理，一切都會沒問題的。」

「不！才不會沒問題！你應該讓我召喚出蝕直接吃掉牠的！」柯羅又衝著萊特吼了幾聲。

但萊特卻不以為意，他看了柯羅一眼，一臉認真地問道：「為什麼一定要吃掉？」

「因為……」柯羅話才剛要說出口，卻又在最後關頭打住了。

萊特看著這樣的柯羅。不能急，他告訴自己。

「我覺得你並不是真的喜歡叫出蝕，你叫出蝕的兩次我都在場，我知道發生了什麼事。」萊特說。

他們都清清楚楚地記得之前發生過什麼事，在衣櫃裡、在樹林裡、在達莉亞的懷抱裡……更別提萊特還對柯羅藏了個祕密。

「你想談談是怎麼回事嗎？」萊特試探性地問道。

柯羅皺著眉頭，一度欲言又止，最後仍是一陣沉默。

這次的柯羅不願意談——萊特在心裡偷偷地嘆了口氣，他和柯羅的關係似乎總是前進兩步又倒退兩步。

「好吧！如果你還不想告訴我，我不會勉強你，也許到你夠信任我的那天會跟我說的。」

「我又沒說我不信……」柯羅的臉漲紅，表情像是被抓到做錯事卻不肯承認的孩子。

「但是柯羅，在你願意跟我談之前，我只會當作你是想忤逆教廷才這麼做的，所以我會依照我們本來該有的程序進行，好好地監督你每次的任務，確保你把使魔裝進聚魔盒內，交給教廷，而不是吃掉，好嗎？」

「就算我給了你一個合理的解釋，你能保證會按照我的方式去做，不管教廷？」柯羅開口，一針見血。

「不，我不能給你保證。」萊特老實說，「但如果能合理地說服我，至少我可以睜一隻眼閉一隻眼。」

「你才不能！」

「我能啦！」

「你不……為什麼我們每次都在吵同樣的事？」

「因為這就是朋友常做的事啊！」萊特笑瞇了眼。

柯羅瞪著萊特搖了搖頭，不知道是無奈還是在否定他的話。

「那個男巫呢？」

「抓捕，揍昏，然後綁回去給教廷了，現在應該由教廷看管著，他們還需要向他問清楚更詳細的犯案過程。」

「他們會燒掉他的。」柯羅卻說。

「這我不能跟你保證，畢竟他殘害了四條人命。」萊特說。

「在使魔的逼迫下……」柯羅說，「所以要是哪天我也被我肚子裡的東西逼瘋了，他們也會燒掉我。」

「不，我會看著你的。」

「到時候，你才不會……」

「我會啦！」

「你不……呃呃呃呃呃！」柯羅又落入了萊特的「朋友」圈套。

萊特笑開來，他將收音機再度開得大聲了點。

「總之，事情告一段落，讓我先把這些問題放一邊，今天先好好休息吧？」

「誰要理你……」

「回去我可以泡杯萊特特製的熱牛奶給你喔！」

「我說了，誰要理……你會加蜂蜜嗎？」

「會！」

「……」

CHAPTER 10 結案報告

圖麗十四年，十二月十七號

靈郡市牛人案事件報告。

總結：經調查後證實是靈郡市內的流浪男巫——林區所為，林區已經抓捕回教廷，由教廷接手，目前正在等待接受審判中。

經過我們調查，還滲入巫魔會參觀了一下月亮、牛屁股、大蠍子之類的神奇東西，證實此次的受害者確實都參與過「真正的」巫魔會，並曾接觸過巫魔會的主人——針蠍賽勒與針蠍朱諾。

雖然過程中因為一時大意，鹿學長不小心中了朱諾的巫術，但目前沒有大礙，應該……（順便一提，鹿學長目前還在等待治療，這個請容我們後續再做詳細報告）

調查過程中，我們曾懷疑過這與針蠍男巫們有關，然而針蠍男巫們已經否認，並且在心不甘情不願之下提供協助，讓我們能在巫魔會中引出男巫林區，目前似乎暫時可以排除嫌疑。

由巫魔會上引出林區後，在狩貓男巫榭汀的協助下，我們順利捕獲了使魔陶洛斯與林區本人。

在逮捕過程中，林區曾表示由於本身無法滿足使魔的食欲，受使魔驅使才會去誘拐那些參加巫魔會的年輕孩子們，以滿足使魔的異食癖。

因此初步推測，或許真的是看準了那些年輕孩子們容易接受男巫的哄騙，林區會在每次參加巫魔會時鎖定目標，並且在離開巫魔會後跟蹤那些年輕孩子們回家，再利用使魔將他們引誘離家，供使魔食用後丟棄。

當然，目前都只是初步推測，詳細情況需要等教廷進行審問後才會有進一步的消息。

靈郡市牛人案在此先告一段落。

至於夜鴉男巫柯羅這次的表現——我必須要說，雖然一開始他和鹿學長起了些小衝突，但這次在進入巫魔會時我們曾經遇到一些小狀況，柯羅依然給了很大的幫助，讓鹿學長不至於變成肉餅（喔，不要緊張，這件事也請讓我們之後慢慢解釋），所以我想他其實有在反省，壞脾氣也算是有在改進？

總之，我會密切注意和關心柯羅的，要是能讓他跟鹿學長和榭汀重新變成好朋友，那有多好，不是嗎？

本次建議事項：

一、巫魔會與針蠍家族短期內暫時不宜再打擾，我們好像不小心惹毛他們了。

二、雖然有點雞婆，但我覺得鹿學長也入住狩貓男巫的宅邸會讓他們感情更好。

三、教廷可不可以給予員工旅遊的福利？我真的很想和柯羅去迪士尼樂園。

萊特．蕭伍德

「搞什……」約書在手中旋轉的筆不小心被他摔了出去。

「又怎麼了？」伊甸從辦公桌上抬起頭。

雖然用放大鏡觀察聚魔盒內被縮得小小的使魔很有意思，但約書在閱讀小學弟上呈的事典報告時的表情總是更加有趣。

「萊特是不是聽不懂人話？我明明交代過他寫事典報告不能這麼隨便！上頭的老大們喜歡嚴謹一點的格式。」約書不停地碎碎念著，「還說什麼想去迪士尼樂園，又雞婆去建議什麼『丹鹿應該直接嫁去暹貓家』。」

「所以你要退回他的報告？」伊甸問。

「不！」約書卻說。

「因為……？」

「因為快要下班了，我才不要加班批改他的事典報告。」

「那去迪士尼的問題呢？」

「我也想去，員工旅遊其實是個不錯的主意。」

「那丹鹿嫁去暹貓家這件事呢？」

「我喜歡當媒人。」約書還喜歡當壓著人家的頭、逼他們接吻的那種人。

於是約書拿出了大章，咚一聲蓋下了同意。

「對於萊特這次對柯羅的評價也沒有異議？」伊甸挑眉。

「暫時還沒出現大問題，所以……有待觀察。」約書說。

「你只是覺得異議很麻煩而已。」

「我只是覺得異議很麻煩而已。」

約書大大地伸了個懶腰，也不否認。

「在他們捕捉的男巫開始審判之後，我們還有得忙，所以在這之前就先偷個閒吧？把聚魔盒交上去，來去迪士尼樂園玩一下？」

伊甸闔起了他的聚魔盒，並看向他面無表情但眼神閃閃發光的教士，他點了點頭。

「欣然同意。」

——《夜鴉事典03》完

高寶書版集團
gobooks.com.tw

輕世代 FW284

夜鴉事典 03—禁入絕園—

作　　者　碰碰俺爺
繪　　者　woonak
編　　輯　林思妤
校　　對　任芸慧
美術編輯　彭裕芳
排　　版　彭立瑋

發 行 人　朱凱蕾
出　　版　三日月書版股份有限公司
　　　　　Printed in Taiwan
地　　址　臺北市內湖區洲子街 88 號 3 樓
網　　址　www.gobooks.com.tw
電　　話　(02) 27992788
電　　郵　readers@gobooks.com.tw（讀者服務部）
傳　　真　出版部　(02) 27990909　行銷部 (02) 27993088
郵政劃撥　50404557
戶　　名　三日月書版股份有限公司
發　　行　英屬維京群島商高寶國際有限公司臺灣分公司
　　　　　Global Group Holdings, Ltd.
初版日期　2018 年 9 月
四刷日期　2021 年 5 月

國家圖書館出版品預行編目 (CIP) 資料

夜鴉事典 / 碰碰俺爺著 .-- 初版 . -- 三日月書版股份有限公司出版：英屬維京群島高寶國際有限公司臺灣分公司發行 , 2018.09-
冊；　公分 . --

ISBN 978-986-361-567-5(第 3 冊：平裝)

857.7　　107004299

三日月書版

三日月書版

GOBOOKS
& SITAK
GROUP©